文豪野犬外传

绫辻行人VS.京极夏彦

（日）朝雾卡夫卡／著
（日）春河35／绘　陈玮／译

新　星　出　版　社　NEW STAR PRESS

大理要文

目录

序幕 泷灵王瀑布/黄昏/细雨 001
第一幕 山间的旧礼拜堂/正午/晴朗 008
第二幕 异能特务科 秘密据点前/清晨/晴朗 020
第三幕 湿地/过午/阴云 043
幕间 阿鼻地狱/无明/逢魔之时 089
第四幕 司法省主楼/清晨/晴朗 095
第五幕 客运火车内/上午/阴云 146
第六幕 异能特务科 秘密据点/清晨/晴朗 201
终幕 绫辻侦探事务所/清晨/风和日丽 275

近来世道之乱，乃系寡人所为。在世之日，便深信魔道，发起了平治之乱[1]。死后要继续为皇家朝廷作祟。汝且静观，不久天下又将大乱也。

——崇德上皇亡灵

摘自《雨月物语〈白峰〉[2]》/安永五年 上田秋成著

注①：平治之乱，平治元年（一一五九年）藤原信赖与源义朝在京都发起的叛乱。叛乱的主要原因是藤原通宪与藤原信赖之间的权力之争，以及源义朝与平清盛之间的权力之争。最终平氏战败源氏。

注②：《雨月物语》内容取自阎小妹翻译版本，由人民文学出版社于一九九〇年出版。

序幕 | # 泷灵王瀑布 | 黄昏 细雨

一道瀑布垂崖而落。悬崖之上，站着两个人。

一个是身材颀长的青年。

另一个是白发老者。

他们相对而立，视线相撞，在沉默中激出四溅的火花。

之所以出现这幅场景，是因为这二人是宿敌。他们心里都很清楚，自己与对方是不共戴天的仇敌，迟早有一天一方会死在另一方的手下。

今日就是了断一切的宿命之日，而此处便是结束一切的宿命之地——他们对此心照不宣。

因此，他们才一言未发。

瀑布隆隆作响，夕阳幽幽西下。

周围是郁郁葱葱的森林，被流水拍打的岩石，远在瀑布之下的深潭……这里的一切都被笼罩在蒙蒙细雨下，雾霭弥漫，氤氲不明。

幽境之地。

逢魔之时。

因而此地既是境域也是边缘，更是尘世与黄泉之间的交界。

高挑的青年开口了：

“接下来，你就会迎来自己的死亡。好好感受吧，京极。”

他的声音极其阴冷，就连冷血的毒蛇听到都会不由得打寒战。

青年戴着鸭舌帽与遮光眼镜，露在外面的皮肤苍白得毫无生气。他全身散发出阴森的寒气，绵绵细雨纷纷畏惧般地躲开他。

站在他对面的白发老者哈哈大笑，意带嘲讽地道：

“精彩。真是太精彩了，绫辻。”

老者身穿破旧的和服，看上去像一名隐士。他那双泥黄色的眼瞳中仿佛蕴藏着千年的智谋。他笑起来时露出一对酒窝，邪恶中又透着几分稚气。

从他那愉快悠然的男中音里听不出丝毫愤怒的情绪，让人觉得他只是一个随处可见的善良老人。然而，他口中的“绫辻”却因他的笑声不悦地眯起眼。

“别笑了，老狐狸。你的笑声听起来真刺耳。京极，你还记得你犯过多少罪吗？”

“哦，什么罪？你想把老夫这个胆小又善良的老人当成罪人抓起来，是不是缺乏一点敬老精神？虽然老夫不修边幅，但也是一个不折不扣的良民，过马路的时候都一定要等绿灯亮了才过。”

白发老人依旧悠悠然地说。

“有意思。好吧，那我就代替老年痴呆的你，帮你数数你的罪行吧——教唆杀人三十八起，恐吓二十九起，盗窃、非法囚禁、施暴……包括未遂在内，重罪及轻罪共数百起。不过……你从来没有亲自动过手。你在苏芳堂案和牛头案等众多震撼世人的案件中都是主谋，我们却找不到任何证据证明这一点。那些被抓到的犯罪实施者都只是你的替罪羊，而且他们完全不知道自己其实一直处于你的操纵之下。”

老者没有否认，只是唇边的笑意更深了。

看到他这副表情，绫辻又不悦地皱起了眉。

“你没有亲手犯过案，所以连政府都拿你没有办法。不过……”

绫辻抬起手，划破了全身的冷气。

“一切都会在今天结束。”

他的手滑入怀中，掏出一枚铜币。

“之前发生的那起博物馆虐杀案，你是统筹一切的主谋。这就是证据。”绫辻捏着铜币，让老者能够看到正面，“你先将博物馆的展示货币装满一个口袋，砸死被害人，然后再堂而皇之地将货币放上展示架——这就是让凶器消失的手法。警方已经从这枚铜币上找到了死者的血迹以及你的指纹。”

被称为“京极”的老者扯起唇角笑了。

然而他的眼睛里没有丝毫笑意，那双泥黄色的眼瞳闪烁着智谋的光芒。

“京极，你可要好好记住它的光芒。”绫辻捏着铜币转了转，铜币反射昏暗的夕阳，散发出黯淡的光。“到了冥府，记得去向那些被你害死的人谢罪。”

“冥府啊……老夫懂了。说起这个，出于个人兴趣，老夫想告诉你一件事，绫辻。虽然你把那个地方称为‘冥府’，但其实它有很多说法。《古事记》中将其称为黄泉国或底根国，佛教中则称为十界底层的奈落。它是日莲上人口中的菩提彼岸，旧约《圣经》中的阴间。而在新约《马太福音》及《路加福音》中则把它叫作……”

“地狱。”绫辻打断了他，“只是各地说法不同，本质是一样的。”

“对你来说或许都一样，但老夫觉得各有不同。”

“不用在意，反正你很快就会知道了。”

绫辻口中吐出冰冷的气息，宛如已死之人。

“因为你很快就会到那里去——就在几小时后。”

沉默在二者之间蔓延。

雷霆般的瀑布声渐渐在二人周围的细雨中消散。

“没错。”京极用毫无情感的声音说，“这就是老夫与你——比罪犯更令人闻风丧胆的侦探绫辻行人之间的宿命。的确很可怕。”

老者的话语中带着些许嘲弄的意味。

冰冷的青年虽然感受到了，但只是眯了眯眼睛，并没有做出过多的反应。

“京极，我跟你打交道的时间也不算短了。”绫辻先开了口，“今天就让我说说心里话吧。其实，无论你使用怎样的阴谋诡计，做多少罪大恶极的事，都与我无关，我也没有多管闲事的兴趣。你可以随便设计，随便杀人。”

“逢佛杀佛，是吗？”

“人与人的性命是不平等的，最直接的证据就是大家都为好人的死难过，而乐于见到坏人的死亡。但是对我来说，所有人的性命都毫无价值。我没有资格谈论人命的尊贵，也没兴趣谈论，然而……”

绫辻用手指弹了一下铜币。

清脆的金属声在山间响起。

“然而，你杀的人实在太多。”

铜币被弹向空中，旋转着落向二人脚下的悬崖。

能够将京极——这个稀世罪犯捉拿归案的证物，就这样坠入烟雾袅袅的深潭，最终消失不见。

京极盯着铜币消失的轨迹，眯起眼睛。

“你就这么把它扔了？那是好不容易才找到的证物吧？”

“我已经不需要它了——你应该很清楚。”

京极闻言并未作声，泥黄色的眼瞳中透出笑意。

在连接彼岸与此岸的幽谷中，充斥着如亡者般死寂的山崖上——

绫辻向前踏出一步。

“我在此预言。”绫辻用耳语般的声音说道，“你会从高处坠亡——这就是你的死因，你会从这座悬崖上摔落，死于非命。”

京极顺势看了看崖下的深潭。

“高处坠亡……”京极像是自言自语，“坠亡吗……这听上去也不坏。”

“从这个高度摔下去，不可能存活。”绫辻又向前迈出一步，“这座悬崖只有一条路，周围全是待命的军警，估计这里很快就会被他们包围。你无路可逃了，这里就是你的葬身之地。”

侦探宣告道，话语中不带一丝情感。

绫辻淡然地陈述事实，正如他曾经无数次面对犯人——面对他亲自揭开的案件的主谋那样。

“这是名侦探的预告吗？那看来是错不了了。”

京极配合地向后退了一步。

他的脚后跟踢到一颗小石子，石子滚落山崖。

“和你比了这么长时间，终于可以结束了。”

“没错。”京极点点头，“跟你的比试真的很愉快。不过可惜啊，与即将开始的‘仪式’相比，之前的那些比试不过是揭幕式罢了。”

“你说什么？”

京极没有回答，又向后退了一步。

此时他的脚后跟已贴到悬崖边上，再往后一步，他就会坠落深渊。

“杀人侦探，你是赢不了老夫的，永远都赢不了。对你来说，这是一场注定败北的战役，只能铩羽而归。绫辻，你就好好期待自己的败者之旅吧。”

绫辻动弹不得。

在那位貌似手无缚鸡之力的矮个子老人面前，绫辻连一根手指都动不了。

因为京极散发出了慑人的气场。

“老夫会让你最后的预告变成妄言。死于非命？老夫是不会死于非命的，我们走着瞧吧。”

京极愉悦地笑了一声。

然后，他纵身一跳。

瀑布轰鸣。

褴褛的衣衫在遥远的瀑布下方猎猎飞扬。

他微笑着，跳入了瀑布下的深潭中。

就像要穿过绵绵细雨，前往彼岸——

“……”

绫辻什么也没说，静静地注视着京极消失在深潭之中。

他就像凝固了似的，沉默地俯视着吞噬了那个怪人的深潭。

直到军警赶到现场，盘问他究竟发生了什么事的时候，他也依旧一言不发。

他只是看着宿敌消失的方向。

妖术师京极夏彦。

杀人侦探绫辻行人。

这是两个足智多谋的异能者以头脑为剑，智谋为盾，展开厮杀的战斗故事。

第一幕 山间的旧礼拜堂 正午 晴朗

“凶手就在我们中间。”

冷冰冰的声音在安静的礼拜堂中回响。

大堂中的人们脸色苍白，就像忘记了呼吸般注视着声音的主人，等待对方接下来要说的话。

这是一座十分古老的礼拜堂。

灰泥墙的墙皮斑驳龟裂，闲置多年的主祭坛积了一层薄灰，木地板因无数人的踩踏而磨得锃亮。

房间里共有十一个人。

所有人的脸上都布满了憔悴或不安，全是这场诡异又阴森的杀人案给他们留下的阴影。

而他们注视着的，是这里唯一一个既不焦急也不悲伤，甚至没有任何表情的人—— 一个知道全部真相的人。

“凶手特意从小学的六十八名儿童中选择了一人，并在其早餐中下毒，致其死亡。这是一起意图明确的杀人案件。”

那个人个子高挑，站在礼拜堂的正中央，用平稳又沉静的声音说道。

他戴着鸭舌帽和遮光眼镜，正用戴着皮手套的手摆弄一根并没有点燃的细烟管。

他的声音冰冷且毫无起伏，几乎让人忽略其中夹杂的危险词汇——“死亡”与“杀人”，而遮光眼镜后的那双眼睛锐利无比。

侦探的姓氏为绫辻。

他面对的听众是因夏令营突发的杀人事件而陷入恐慌的教师与礼拜堂里的工作人员。

现在，绫辻要亲手揭开这起神秘杀人案的真相。

“侦探先生，可是……”

其中一个惴惴不安的人终于忍不住向前迈了一步。

这是一名穿着运动服的男教师。可能是由于休息得不好，他双眼充血，眼下还泛着淡淡的青色。

“您说那名被害的孩子是被毒杀的，这倒是跟警方的结论一致……可是根据警方的检测，那孩子不是因为食物中毒，而是被毒针刺了一下才毒发身亡的，不是吗？而且，现在那个被害的孩子脖子后面好像还有被针扎过的痕迹……”

“那是伪装。”绫辻简洁地回答，“大概凶手是在死者死亡之前……假装要照看死者，伺机用事先准备好的针刺了死者吧。从死者的死状来看——瞳孔扩散并伴随四肢麻痹与呼吸困难，可以得知他中的肯定是作用于神经系统的毒，可毒素究竟是经口感染还是经伤感染就很难判断了，就算是专家来检测也一样。凶手正是利用这一点迷惑了警方。”

绫辻的声音中没有丝毫感情，就像在念只有他才能看到的隐形公式。

“可……可是，警方应该也调查了食物中是不是有毒！大家吃的饭菜都是在一个锅里做出来的，而且餐具一直放在同一个碗柜里。同一个食堂，同一个厨房，同一个厨师……在这种情况下想害一个学生，只对那个学生下毒，这真的可能吗？”

“你觉得这不可能？”绫辻看了那名教师一眼，“当然可能。”

男教师狼狈地语塞。这时，他身边的一位戴眼镜的女教师接过了话头：

“那么，难道说……凶手是在摆完饭菜，将饭菜挨个发给大家的时候——也就是在用餐的前一刻，或者用餐途中下的毒？”

绫辻摇了摇头。

“不。在被害人用餐的时候，周围有无数的孩子看着。众目睽睽之下，凶手不可能下毒，更何况他还要瞒过被害人本人的眼睛。”

“那凶手究竟是如何……”

“哦……凶手的作案手法啊，果然要问这个。”

绫辻叹了口气，仿佛自言自语般说完，便不出声了。

室内的众人都因侦探奇怪的沉默而不安起来，他们面面相觑——难道问了什么不该问的问题吗？

“算了，别在意，我早就料到以你们的智商是想不明白这点的。不知道为什么，所有的案件相关人员都要侦探像母亲教小婴儿如何穿尿布一样，温柔又仔细地将案件的一点一滴告诉自己，都把这当成是侦探应尽的义务。真是天真无邪得让人忍不住微笑。”

在场所有人都愣住了。他们还没有反应过来，不明白侦探说了些什么，也不知道该如何回答。直到第二天早上，他们才回过神来，感受到迟来的怒意。

侦探将指间夹着的烟管放入口中吸了一下，然后慢慢吐出袅袅烟雾。

“你们知道‘奥卡姆的剃刀’吗？”

“剃刀？”

看大家疑惑地互相对视，侦探继续说：

“这是论理构筑的一个定律。‘在同时存在多个理论的情况下，假设条件最少的那个理论就是真相。’也就是说，最简单的理论最接近真相。”

绫辻挨个扫过所有人的表情，道：

“所有儿童都吃了同样的饭菜，然而只有一个人被杀。那么，道理很简单——凶手在所有人的早饭里都下了毒，而使用的毒是只可以杀掉那一个人的。这就是最简单的答案。而事实上自然界也的确存在这种毒，并且随处可见，不会有任何人对它产生怀疑。”

“咦……”

听众们小声议论起来。

绫辻完全没有理会他们的议论，叼着烟管继续道：

“凶手在前一天晚上对餐具动了手脚，在上面涂了极其微量的毒素，当然是在所有人的餐具上。然后……第二天，大家准备开始吃早餐的时候，凶手看准时机让那个被害的孩子离开了座位。”

教师们纷纷回忆当时的情景。就在案件发生前，有人说在被害的那名儿童的书包里找到了之前一名教师被盗的钱包，为此，那孩子被训斥了二十分钟左右。可他是在食堂的一个角落被训斥的，所有人都看到了他被训斥的一幕，因此大家都被判定与案件无关。

“那么，是有人趁那个时候下了毒？”

“看来你得了很严重的失忆症。我不是刚说毒已经在前一天晚上涂好了吗？”绫辻目光冰冷，“凶手将毒涂在了装蛋液的碗上。那种毒仅一克就可以毒杀一百万人，是自然界最强的剧毒。并且，毒物的生产者就存在于泥土中及湖底，如果营养充足，还会爆发性地增殖。”

“我明白了！”一直默默地听到这里的设施管理员突然大叫，“是肉毒杆菌毒素！”

绫辻点点头，说：“肉毒杆菌是梭菌属的兼性厌氧菌，会产生杀伤力极强的肉毒杆菌毒素，有的恐怖分子甚至用它来制造生化武器。这种细菌会在生蛋液，尤其是搅拌后的蛋液中进行惊人的繁殖。细菌本身在人体内不会产生毒素，吃了也基本没什么伤害，但它一旦在食品中繁殖就会产生毒素。人类吃了含有毒素的食物，就会在八至三十二个小时之内死亡。”

室内鸦雀无声。绫辻一边踱步，一边慢慢将真相告诉大家。尽管礼拜堂十分破旧，侦探的鞋子却没有在地板上击起任何声音。

“凶手趁所有人都在搅拌生鸡蛋的时候故意制造状况，只打断了被害人进餐，以此争取时间让细菌产生毒素。具体措施就是把被害人叫到食堂的角落，对他进行长时间的训导，这样就造成了仅仅毒杀被害人一人的特殊情况。因为其他同学都吃了和自己一样的东西，所以他做梦也没有想到，只有自己的蛋液变成了能夺走性命的危险剧毒。”

“那么，凶手是……”

所有人的视线都集中在同一个人身上——

正是案发当日将被害人叫到食堂角落训斥的体育教师。

“不……不是我！我当时只是……”

“他不是凶手。”绫辻打断了他的话，“你们好好想想，凶手之所以使用肉毒杆菌这种定时毒物，就是为了给自己制造完美的不在场证明，也就是说，凶手在被害人中毒倒下之前，完全没有接近过被害人……因此他是在计算好时机后，才把那个假消息告诉了体育老师——在被害人的书包里发现了被偷的钱包。”

绫辻用烟管指向听众里的一个人。

“被偷钱包的主人——你就是凶手。”

听众的目光集中到一处。

“我……你说我？”

被绫辻指着的人发出细如蚊蚋的声音。

这个人就是刚才向侦探询问杀人方法的教师。他穿着黑西装，戴着眼镜，看上去就是个随处可见的年轻小学教师。他长得平凡无奇，总是和颜悦色，给人的印象很好，却也会让人过目即忘。

“怎么会……”

“难道，老师你……”

室内顿时炸开了锅。

“你……你在胡说八道什么？我杀了那个孩子？”被侦探指出的教师露出了僵硬的笑容，“我没有！我只是一个语文老师，根本不懂什么细菌……最重要的是，你有什么证据证明是我做的？”

“当然有证据。”

绫辻低沉的声音响起，仿佛早就料到他会这么问。

“其实，我接到委托赶过来之后，在你的鞋底粘了一根细小的针，乍一眼看去并不会有人注意到。不出我所料，你为了毁灭证据，去了后面的登山道，并将培养皿埋在那里。至于你具体埋在了哪里，登山道落脚处的细针痕迹会告诉我们。只要沿着那些痕迹找到培养皿，你就没什么可狡辩的了。”

“呜……啊……”

在周围气氛的压迫之下，穿黑西装的教师不由得后退一步。

就在几秒钟之前，这个旧礼拜堂还充斥着不安、混乱以及害怕的情绪。然而混乱并没有长时间支配人们，现在笼罩室内的，已经变成了显而易见的愤怒。

“我劝你别白费心机了。”绫辻的声音冰冷得已经跌破了零度，“不知有多少罪犯挖空心思想逃过我的眼睛，可他们的努力从来没有得到回报。”

穿黑西装的教师又害怕地后退了一步。

就在这时——

“绫辻侦探！”一个女子的声音从礼拜堂入口传来，“您在做什么呢？不要随随便便把涉案人员聚集到这种地方！我已经警告您很多次了，我们不能擅自揭发凶手。要我说多少遍，您才明白啊？”

与怒吼声一同闯入室内的，是一名身穿西装的纤瘦女子。她有着一双看上去很强势的丹凤眼。虽然同样穿着西装，但她的体格要比那名穿黑西装的教师小上一圈。

“哦，是辻村啊。”侦探用冰冷的目光投向那位女子，“你还是和以前一样，总在这种最糟糕的时刻出现。”

就在他说话的时候，穿黑西装的男教师一跃而起。

听众之中传来“他逃了”的叫声。

“辻村，那个人就是凶手，抓住他！”

“咦?!”

男人拼命跑向入口，被称作辻村的女子就站在那里。

杀气腾腾的男教师压低身体，快速跑向辻村。

辻村的下半身在空中划出一道弧线。

男教师连看都没看清，就被突如其来的一脚踢中下巴，整个人飞了出去，滚倒在地。

那是辻村在与他擦身而过的时候送上了一记后旋踢——她破空而出的脚后跟准确地击中了教师的脸。

男人疼得在地上不住翻滚，辻村一个箭步上去，反扭住他的胳膊，像骑马一样压在他的后背上。

“老实一点。”穿西装的女子用膝盖顶着男人的后背说，“你有权保持沉默，也有权聘请律师。”

“你还是喜欢说这种台词啊，辻村。”

“因为……难得凶手有沉默权啊，不说的话岂不是很吃亏？”辻村理直气壮地说。

“你电影看太多了。”绫辻用冷冰冰的目光俯视辻村，“首先，我觉得他并没有时间慢悠悠地行使那种权力。”

“先不说这个！”辻村的手按着凶手，眼睛却瞪着绫辻，“绫辻侦探！您这次单独行动，我可是会汇报给上级的。如果您继续无视我们的警告，擅自揭发凶手，我们特务科也不会再纵容您了。”

“说什么呢？是你们委托我解决案件的，所以我才像一条温顺的狗一样听从你们的指示，把大家叫到一起解决案件。而且这起案件本就该分秒必争，因为那个男人还想杀好几个孩子。如果你们特务科把我当成家犬，就要学学在我完成表演之后表扬我才是。”

“可恶！为什么我会被逮捕啊？”被压在地上的男人大叫起来，“我不能被逮捕……我要让那些小鬼，那些狂妄自大，每天把我当白痴看的小兔崽子知道什么叫社会，我要让他们对自己的所作所为付出代价！在那之前，我不能被逮捕……”

“被逮捕？”侦探眯起遮光眼镜后的眼睛，“别担心，你不会被逮捕的。因为被‘杀人侦探’揭穿罪行的凶手，最终的归宿不是监狱——你知道我为什么被叫作‘杀人侦探’吗？”

“绫辻侦探。”辻村女士责备地叫了他一声。

“辻村，你放开他。”

“可是！”

“你会被连累的。”

男人抓住辻村踟蹰的瞬间，猛地跳了起来。

他撞开辻村，向入口飞奔。辻村被他撞开，结实地砸在入口附近的墙壁上，肺部的空气都被挤了出去。

然而绫辻并没有对凶手的逃跑做出任何反应，只是静静地仰望着入口上方。

旧礼拜堂的入口上方镶嵌着陈旧的彩绘玻璃窗。这座礼拜堂曾经是教徒聚在一起祈祷的地方，现在已经变成了林间学校夏令营的聚集地。陈旧的墙面爬满了无数裂痕，彩绘玻璃窗上也粘着用来修补的胶带。

过村撞到墙壁的冲击力让彩绘玻璃窗上又出现了新的裂痕。

龟裂生出新的龟裂，崩溃渐渐向整体蔓延。

“不应该这样的！”男人一边逃亡，一边大叫，“一定是哪里出错了！绝对不会被揭穿……我绝对不会被逮捕，那家伙明明这么说过的！”

琉璃色、翡翠色、绯红色……五颜六色的彩绘玻璃窗上画着骑士与圣母。

美丽的玻璃已经连续释放了百年光辉，终于在这一瞬间结束了它漫长的使命，哗啦啦地落到地上。

五彩缤纷的玻璃仿佛凝固了光芒。

沉重的玻璃板坠落后，刺入凶手的躯干。

顿时鲜血四溅。

男人的喉咙中发出不成声的惨叫，仿佛漏气的笛声。

巨大的玻璃笔直地刺穿他的身体，血液就像间歇泉一般汩汩而出。

鲜红的血在礼拜堂前方的地面上汇成了圆形的血泊。五光十色的玻璃碎片星星点点地落在上面。

最后，死者向前倒下，倒在血泊之中。

现场一片寂静。

“死……”听众之一喃喃低语，“死了？”

所有人都愣住了，甚至没有人发出惨叫，因为他们还没有反应过来发生了什么。

大家都知道彩绘玻璃窗已经很旧了，并且上面有很多裂痕。但它已经被胶带修补过，就算会掉下来，也应该是几年之后才会发生的事故，根本轮不到他们。

这完全是偶然。

在这个时候发生的偶然……

从死者被切开的肩膀涌出的鲜血终于无力地枯竭。

“凶手是……意外身亡？”

不知是谁这样说道。

所有人都误会了。

大家本就知道——他们面前这位既冷酷无情又头脑清醒的侦探是政府派来解决杀人案件的，而此时这位看着死者，连眉毛都不动一下的侦探，被称为“杀人侦探”。

可直到这一刻为止，他们都以为那只是“解决杀人案件的侦探”的意思。

“侦探，”辻村一边站起来，一边说。她紧紧咬着牙关，这让她的声音听上去像是呻吟一般，“绫辻侦探，您又……”

“这是自然现象。”绫辻的声音没有丝毫变化，“就如同新生伴随着死亡，黄昏之后便是夜晚一样，这也是不随意志转移的必然现象。它与我的本意无关。被我揭穿罪行的凶手，百分之百会因为某个事故死于非命。”

他的话语宛如死者般冰冷。

他如一道黑影，静静地伫立在那里，甚至让人感觉不到活人的气息。

他就是特一级危险异能者——“杀人侦探”。

这个绰号的意义并不是“解决杀人案件的侦探”。

站起来的辻村压抑着满腔怒火，低吼了一句：

“‘杀害’凶手的侦探——”

“刘海没问题。”我想。

我对着车窗拢起刘海，稍微向上抬了抬。窗上倒映出我的眼睛，我狠狠瞪了一眼自己。

没问题，我很完美，不可能有异能犯罪者敢与我这么可怕的特工对抗。我很完美。

我此时在图书馆的后门停车场。

停车场内十分安静，除了几个停车的老人之外，看不到任何人。

这是自然的，因为这里是政府的机密设施。它既是内务省直辖的情报集聚基地，也是我目前唯一的职场。表面上看，这里只是普通的山间图书馆，但如果仔细观察，就会发现这里的安保级别高得堪比核设施，所有警卫人员都全副武装，并且他们的腰包中还藏有冲锋枪。

我叫辻村，在政府工作，是内务省的非公开组织——异能特务科的特工，工作地点位于这栋设施内部。

我解开车锁，钻进驾驶座里。这辆银色的阿斯顿·马丁是我花了很大力气从英国弄来的，非常适合我特工的身份。轻镁合金构成的车身、十二缸引擎的高性能，这辆车简直就是一个为了奔跑而生的机器生命体。身为秘密组织的特工，我对车的要求只有马力与结实。虽然我当初是因为这两点买了这辆车，但至今为止还没有遇到与其他汽车追逐的机会。

我拧了一下钥匙，发动汽车。

我驱车行驶在寂静的街道上，同时思考目前自己身处的境况。

我的任务是监视某位侦探。

那个人顶着侦探的头衔，工作就是解决事件与问题。他的工作很大一部分是在帮助有困难的人。也就是说，如果用一般的标尺来评判他是好是坏，那他应该更接近好人那一方。

然而政府对此有不同的看法。用政府的话说，那位侦探是放置在街角的一枚核弹头。政府必须百分之百掌握他的行踪，知道他在想什么，做什么。倘若看丢了他，让他离开政府的控制为所欲为，恐怕他会毁掉一条街道，引起巨大的骚乱。难以想象到那时会有多少上级领导因此丢掉饭碗。

他是重点监视名单上的常客，特一级危险异能者——

“杀人侦探”。

这个绰号是世人给予那个人的，他也是我身为异能特务科特工必须监视并管理的目标。

——只许成功，不许失败。

我至今还记得资深前辈将这个指令传达给我的时候，那冰冷的目光。

我在途中去了一趟咖啡店，买了一杯无糖拿铁，然后把它放在车内的饮料罐托架上。我一边喝，一边再次发动汽车。

每当遇到红灯停下来时，我都会透过后视镜观察后面的车辆——看来今天也没人跟踪我。既然为政府工作，那么再怎么注意与小心都不过分。像我这样的新手特工就更要谨慎了。不过，我到现在还没有被跟踪过。

但是——

没想到我居然能成为政府组织的特工这么了不起的人物。至今为止，我已经被分配到这里两年了，但仍然时不时感到不可思议。这简直就像电影或小说中的故事一样。就在几年之前，我还是一个不谙世事的大学生，而现在，无论多么亲密的朋友问我，我都只能解释自己在“进口公司工作”，毕竟我执行的是不能告诉任何人的机密任务。

当然我对这份工作是充满自信的。虽然从外表看不出来，但我可是以射击课和格斗术课双料第一的成绩毕业的，干劲也不会输给任何人。正因为如此，这个任务才会指派给我。上级绝对不会将任务交给没有能力完成它的人……我是这么认为的。没错。

就在我胡思乱想的时候，我的目的地——监视对象所在的建筑物已经映入了我的眼帘。

绫辻侦探事务所是一栋面向主干道的陈旧砖瓦建筑，在一楼有一个狭窄的入口。

乍看之下，这只是一栋位于朴素街角的朴素建筑物，但其实包括事务所的上层及左右在内，都被政府买下了，为的就是确保安全。

我开着阿斯顿·马丁从房前经过，将车停在稍远一些的收费停车场里。我透过反光镜检查着自己的妆容，同时查看周围是否有可疑人影。

接着，我从口袋里掏出耳麦挂在耳朵上，按下呼叫键。

“呼叫支援部队，所属代码4048。”

终端识别了我的声音，自动转接到我呼叫的对象。

“这里是狙击支援一组。”

一个粗鲁的男人声音传了过来。

“这里是特工4048号，辻村侦察员。接下来将查看目标人物的行动并进行内部监视。”

“收到。这边也会移动到D2，继续监视房屋。目标就在里面。”

“辛苦了。”

我冲耳麦说了一句，接着耳机里便传来了男性短促的笑声。

“你来得可真晚啊，辻村。怎么，被前辈教训了？”

“才——才不是！”

“看样子，我说中了啊。”

我抬起头来，将视线投向道路对面大楼的楼顶。楼顶的边缘有一道镜片的反射光一闪而过。

那是二十四小时监视侦探事务所的特务科狙击部队。

一旦绫辻侦探违背政府的命令，不经允许便将他的“异能”用在普通市民身上，他们就会立即击毙“特一级危险异能者”绫辻。这就是他们的职责。

“我想你应该明白，”狙击小组在耳机那头说道，“那座房屋就是关老虎的笼子。虽说老虎大闹起来由我们解决，但我希望尽可能不射击。你说是吧？”

“放心吧，再怎么说，我也是特工。”

“嗯，祝你好运。狙击小组，通信结束。”

说完，通信便被切断了。

我深吸一口气，停住，再呼出。

——正合我意。

最近，我每天晚上都会在睡觉之前把这句话说两遍。

不管是多凶残的异能者，只要有我在，就决不会让他为所欲为。

我走到事务所的门前停下，将钥匙在指尖转了转，然后塞进口袋里，耸耸肩道：

“你最大的失误就是与我生在了同一个时代。”

这是我喜欢的一部间谍电影的台词。那部电影讲的是一个穿夹克衫戴墨镜的潇洒女间谍的精彩行动，是一部非常酷的好电影。

我一定要尽自己最快的速度赶上那个女主角。

我打开门。

室内光线昏暗，空气中飘荡着微微的烟草味。

房间的天花板呈拱形，屋里摆放着米黄色的藤椅，墙边矗立着高达天花板的书架。挂在天花板上的风扇缓缓地吹开温暖的空气。西式仿古灯的橘色灯光洒满屋内，整个房间充满了与早晨完全不符的慵懒气息。

地板上趴着两只猫——黑猫与三花猫，正在主人脚下无聊地打着哈欠。黑猫看了我一眼，随随便便地“喵”了一声。

与其说这里是侦探事务所，不如说是西式建筑里的谈话室。

事务所的主人坐在房间中央的安乐椅上缓缓摇着，一只手执书，另一只手拿着冒烟的烟管。

“啊，辻村，早上好。”

他瞥了我一眼，马上又看向书本。

苍白的皮肤，淡紫色的鸭舌帽，看一眼就会让人浑身冰冷的毫无感情的眼睛——

这就是特一级危险异能者。

让人头疼的是……或许是因为他这个称号，又或许是因为别的原因，这位侦探与这副打扮简直合适得可怕。怎么形容呢，就好像他全身都散发出一种独特的气场似的。

“绫辻侦探，”我在咬字上比平时多用了几分力，以免他看出我内心的畏缩，“什么‘早上好’啊，您应该有别的话要先对我说吧？”

“哦。”绫辻侦探翻过一页书，随口道，“是吗？”

他连头都没有抬一下。

不行。这样可……这样下去可不行。

我的脑中出现了另一个我——穿着骑士夹克，戴着墨镜的理想的我，她正在向我低语。你的工作是什么？是特工。这家伙是什么人？是你的监视目标。那按理来说，这家伙连能否使用能力都需要先得到你的批准，不是吗？你真的就打算放任他这样小瞧你？

我断然否定：不！

我大步流星地向绫辻侦探走过去，一把抽走他手里的书。

“跟别人说话的时候请不要看书。”我用自己能发出的最冰冷的声音说，“绫辻侦探，我是负责监视您的。根据您的态度，我随时都可以击毙您。我有这个权力。您明白我的意思吗？”

绫辻侦探呆呆地望着被我夺走的书，然后说：

“原来如此，这个威胁很有效。”绫辻侦探敲了敲烟管，落下些许烟灰，“好吧，从现在起，面对你的时候我会带上敬意。作为交换，你去帮我冲杯咖啡。”

“什么啊，就这种小事啊？”我很是扫兴，“小事一桩。”

“加两块黑糖，不要奶精。”

“好的。”

我去厨房烧了水，将咖啡粉倒入沥干杯中，然后将热水慢慢倒入咖啡粉中央。等到气泡平静下来后，将剩下的热水倒进去。我看准时机，在异味即将出现之前迅速取下沥干杯，浓度和香味都确定最佳后，我突然发现有些不对劲。

“我可不是女仆！”

“你的反应太慢了。”

绫辻侦探一边看书，一边冷冰冰地说道。

“我刚才想了一下，但是并没有想出来，你刚才说的‘我应该先对你说的话’是什么？”

“就是昨天的事件啊！”我拿着咖啡杯喊了一声，“昨天发生的夏令营小学生被杀事件，您不是无视了我们特务科的警告，擅自把事件解决了吗？这让我们很难办！”

“为什么？”

面对我的指责，绫辻侦探依然很淡定。

昨天发生的事件——参加夏令营的小学生在投宿的地方被杀

害了。因为这起事件十分紧急，特务科便派了绫辻侦探前去解决。根据传闻，那些小学生之中有政府人员的亲戚，因此才会采取这样的特别处理（不过这样的事情并不会传到现场去，各行各业都一样）。

而因此进入案发现场的绫辻侦探当然被我们严密地监视着，毕竟比起杀害儿童的凶手，他的危险程度可要严重百倍。

然而就那么一瞬间，我的视线就离开他那么一瞬间——

“您听好了，绫辻侦探。我现在像这样进出事务所监视您，已经是特务科最大的宽容了。正常来说，您应该被手执机关枪的警备部队包围，塞入严密监视下的铁笼子里，而且不能有任何怨言。所以您对我要稍微有些感激——”

“我很感激，尤其感激特务科派了你这样容易使唤的人来做我的监视员。”

“什么叫容易使唤！”

我下意识地想挥舞拳头，结果发现右手正拿着咖啡杯。

“辛辛苦苦冲好的咖啡，不如放下怎么样？”

“啊……好。”

侦探说得太有道理，我只好把咖啡放在他旁边的书桌上。

他合上书，慢条斯理地端起咖啡，悠然地喝了一口。

“嗯，比我想象的要好得多。”

“那……那真是谢谢了。”

居然被表扬了！突然被表扬一下，总觉得……

不对，我差点又被带跑了。

“请不要转移话题！”我大叫，“真受不了……首先，您说我容易使唤是什么意思啊？我好歹也是秘密组织的特工，周围的人都说我是一个神秘女子哦，您抓着我这么优秀能干的精英，居然还说我容易使唤……”

“你在过来之前，被上司训斥了吧？”

“咦……”

“为了调整心情，你去咖啡店买了一杯拿铁。然后穿过一区那条狭窄的旧书店街来到了这里。”

“咦，咦？”

“你在事务所前面与狙击组通了话，他们说会把监视位置移动到D2继续监视……最后又是那句台词，电影里的经典台词：‘你最大的失误就是与我生在了同一个时代。’对吧？”

“咦，咦?!为什么您会知道这些？我……侦探，您是怎么知道的?!”

“冷静点。”

我冷静得下来吗？

做这份工作，秘密就是保护自己的最佳铠甲。行动被看穿、心思被预测的特工将会面临各种埋伏、突袭等危险与灾难。更何况这位侦探还是我监视的目标。我的行动是否泄露，与任务的成功率息息相关。

但是事实上，我来这里之前，的确在图书馆根据地被特务科的指导员坂口前辈就昨天的任务训斥了一顿。除此之外，我买了一杯拿铁，从旧书店街的小路穿过来，都被他说中了。

我刚才在事务所门前的那股自信就像烟花一样，腾空而上，发出“咻咻”两声便消失得无影无踪。

“冷静点，神秘女子。你没有什么不对，我们都只是在做自己的分内事罢了。你说得没错，我如今就算被关进铁笼子也没什么稀奇，毕竟我杀过那么多人，今后只会更多。那么我为何能如此安逸地坐在事务所里喝咖啡呢？因为对于政府来说，我是一枚有用的棋子，说得具体点，就是因为我拥有侦探不可或缺的观察力，就像刚才我说的那样。”

“观察力……”

绫辻侦探不耐烦地叹了一口气，然后放下烟管，娓娓道来：

“我之所以猜你被上司训斥了，是因为你到这里的时间比平时晚了十五分钟。以你的为人，是不会无缘无故在任务中迟到的，并且我听说，你的上司是一个性格尖刻的人。我以前好像听你说过，你经常光顾一家咖啡店，加上你嘴上有擦拭过口红的痕迹，所以我猜测你中途曾买过一杯拿铁。至于旧书店街的那条小路，那是一条单行道，过往车辆很少，走那条路可以轻松地掌握是否被人跟踪。而你每次都会在事务所门前跟狙击支援队联络。最后，不管怎么说我也是被人二十四小时监视的，狙击小队接下来会移动到哪个监视地点这种小事，我基本上可以推测得到。”

这就是他说的观察力。

这就是……侦探……

“但，但是但是！”我指着事务所入口道，“我在那个入口前说的电影台词！‘你最大的失误就是与我生在了同一个时代’！那个……那个您是怎么知道的！”

“你问那个啊，”绫辻侦探面不改色，“下次要说不想被人听到的台词，就小声一点。”

我捂着脸蹲了下来。

这真是我人生中最丢脸的时刻。

虽然有些晚了，但我还是要先讲解一下有关“异能者”的事。

在我们所处的世界中，有很多拥有异能力的人。他们拥有的异能各不相同，有的很危险，会对社会造成损害。为了防止发生这种事，政府的秘密组织——异能特务科针对这些人采取了监视行动。

由异能者引发的犯罪事件层出不穷，形成组织的异能犯罪集团更让特务科头痛。

不过当然了，并不是所有的异能者都是坏人，也有一些异能者组织得到了特务科的批准，开展合法的活动。我就曾听说过一个例子：现在有一个规模不大但人才辈出的异能侦探组织十分活跃，他们的根据地好像在横滨。

而极其危险的异能者就由异能特务科进行管理监督，一旦发生什么意外，就必须将其除掉。排在这份名单首位的，就是我们的“杀人侦探”——绫辻侦探。

“能令对方死于非命的能力”。

这个能力可以无视一切因果，让满足条件的人百分之百死亡。

既强大又危险的异能有很多种。如吹飞对手、撕裂对手、殴打对手。这些超常的异能当然也很危险，需要戒备。但只是拥有危险且强大异能的人，还不足以被称为“特一级危险异能者”。

绫辻侦探的异能可以无视一切物理障碍，扭曲一切概率，让目标“意外死亡”。哪怕对方在地球的另一侧，是可以弑神的最强异能者，都毫无例外。可以说这是一种“诅咒”吧。

死因各种各样：窒息、脑梗死、高处坠亡、自杀、病死、心脏停搏……无法预测，既不能预防也不能取消。

而成为异能发动目标的条件只有一个——成为犯人。

或者说，这个能力其实非常具有侦探特色。侦探查明真相，解决事件，指出犯人并加以抨击。如果没有这个过程，就绝对不会发动死亡异能。

正因为如此，上级不时提出的“除掉危险异能者绫辻”计划，才会一直被否决。

然而，在异能特务科列出的无数异能者的名单上，毫无防卫方法且能百分百杀人成功的能力也属于特例中的特例。再加上身为当事人的绫辻侦探又是那种态度，特务科也没有十分的把握能完全控制住他。

因此，直到现在，“除掉危险异能者绫辻”计划还是会每周提出两至三次。

如果侦探的性格能再温和一些，再好懂一些就好了，至少我可以比较轻松——

“怎么了，辻村？你在看什么？你终于想当女仆了吗？那就去换衣服吧，衣服在那边。”

“不是！”

侦探就是这种性格，我完全搞不懂他哪句是真哪句是假。

不过话说回来，他怎么会有女仆装？买的吗？

“那你为什么一直看着我？我知道你的任务是监视我，但如果要二十四小时一直盯着我看，还不如派个监控器来，我想它会做得比你好。而且它不需要工资，也不会多说废话。”

“我明白，但是监控器可不会像我这样催侦探‘快点写完报告’。”

“这就是你的附加价值吗？”

“请别再跟我抬杠了，快点写完报告吧。”

“行了行了。”

现在，绫辻侦探正坐在办公桌前写报告书，内容是昨天事件的详细情况，包括：事件的经过，发现的证据，如何锁定凶手，如何确认证据等。为了尽可能详细分析侦探异能的构造与发动条件，异能特务科需要巨细无遗的情报，因此侦探完成工作后的报告书是必不可少的。

当然了，把它们整理成一份可提交的文件就是我的工作了。除此之外，我需要在事后与相关人员交涉，向军警及市警说明情况，找相关人员回收保密合同。正如侦探所说，我的工作并不只是监控器。我要监督侦探的工作，在他外出时担任司机与保镖，必要时还要担任侦探的助手协助他顺利破案。既然这些事无法交给其他人，那就只有我来做了。

于是，我找了一张方便监视绫辻侦探的藤椅坐了下来，拿出工作用的超薄笔记本开始输入数据。身为一流的特工，就要完美地做好包括整理文件、监视、护卫在内的一切事务。如果那部电影的女主角在这里，一定会这样说的。

顺便一提，其实我们也曾想过要不要像侦探说的，在这栋楼房的各个角落安装隐藏监控器，而且我听说好像真的那样做过。不过侦探要么让它们“意外地”出了故障，要么就是找到监控器的死角并反过来利用，于是最终这个方案被废除了。虽然我没有亲眼见到这些，但是我完全想象得到。

三花猫用脑袋蹭了好几下我的脚踝后，从我身边走了过去。

“写好了。”

侦探放下钢笔站起来，将一叠纸递给我。

“写好了？”我反问道，“这么快？您都写全了吗？没有漏掉什么吧？”

“检查有没有漏掉不是你的工作吗？”

我接过报告书，逐页查看上面的内容。

看到某一页时，我停下了手上的动作。

“请等一下。”我道，“这里的最后一段……是什么意思？”

那段文字太不吉利了，我感觉自己就像在不知不觉间含了一枚毒针。

“就是字面意思。怎么了？特工过村最大的长处就是做阅读理解，不是吗？”

“我揍您哦……不是，我说的是这段内容。”

我指着报告书上的一行字。

我绝对不会被逮捕，那家伙明明这么说过的！

“这句……是凶手说的话吧？”

绫辻侦探吸了一口烟管，片刻之后，烟雾从他的双唇之间一点点被吐了出来。

“你不是也在现场吗？”

“我那个时候正好被撞到墙壁上……这么说来，我当时的确听到他在大声叫嚷着什么。可那句话……”

我有种不祥的预感，仿佛在伸手不见五指的黑暗中，手指触碰到了什么粗糙的东西。

但是我现在还不知道，我的手指触碰到的究竟是大象的皮肤，还是可怕怪物的獠牙。

“嗯，这句话的确有某种暗示。那又怎么样？”

侦探又回去看书了。

“这还用问吗？这就表示，除了凶手本人，至少还有一个人事先就知道他要犯案，不是吗？”

侦探没有回答，只是静静地翻了一页书。

“凶手被捕之后，市警调查了凶手的住处。但奇怪的是，他们找到的有关犯罪计划的痕迹少得惊人。如果凶手是使用细菌杀人的，那他应该事先获得相关知识或进行调查才对。但市警既没有发现他在网上的相关浏览记录，也没有找到他去图书馆的记录。不仅如此——”

“从某天之后，他的私人电话记录，以及下班回家的路上去过哪里，这些痕迹都一并消失了。”绫辻侦探忽然说，“没错吧？”

我惊觉自己忘了呼吸。他说对了。

“这是从十二天前开始的，您早就注意到了？”

“肉毒杆菌虽然是自然界最强的剧毒，但要利用这肉眼不可见的恶魔，就必须掌握专业知识。培养，保管，调整敷在培养皿上的量以防止其全部死亡，还要计算细菌在生鸡蛋中的繁殖速度，以确保细菌能在预计时间内增加到足以致人死亡的数量。如果能成功做到这些，那就堪称专家了。这绝不是一个普通的语文教师能想到的杀人方法。”

侦探瞥了我一眼，那冷漠又锐利的视线让我觉得自己的脑袋里似乎封印着一大片冰河时期的湖泊。

“那么，特务科的结论是？”侦探问。

“我想先听听绫辻侦探的意见。”我答。

侦探一口气喝光杯里剩下的咖啡，然后说：

“他肯定有共犯。不，应该说，是教会他所有相关知识，将他拽进邪恶之路的‘教唆犯’。”

“教唆犯……”

“那个人告诉他如何消除犯罪痕迹，还告诉他如何消灭一切有可能被怀疑或计划偶然败露的因素，温柔地给他指引了一条完美犯罪的道路。换言之，那个人是一名‘邪恶教师’。虽然我不知道那人究竟是谁，但如果调查他和直接犯罪者接触的日子，应该就能发现线索。没错吧？”

我迎着侦探的视线，几乎是自动地回答：

“十二天前……”

“那一天凶手曾做过的事，有必要调查一下。当然，前提是特务科有那颗正义之心。”

我陷入了思考。

凶手利用细菌实施了这起完美犯罪案。经调查得知，他的犯罪动机是有几个学生太目中无人，但如果出手教训他们就有可能变成体罚学生，这种挫败感激起了他的杀意。其实这只是随处可见且微不足道的愤懑，全世界几乎每个人都会有这种情绪，却没有多少人会真的去毒害别人。

如果不是有人告诉他“那个方法”……

我一边查看笔记本中的资料，一边说：

“十二天前……但是，他的记录上几乎没有什么特别的地方。他像平时一样下班，在附近的大众食堂吃了晚饭。从他车子的GPS记录可以得知，他在回家的路上好像迷路了。但是他走的路是离市区很远的乡村小道，那里只有库房和水井，所以我认为应该不会发生什么特别的事。而从那天之后，他就再也没有用过车子和电话。”

“不愧是特务科，真有效率。”

“哪里哪里。”

“有效率的是除你之外的特务科科员。”

他平淡的语气让我不由得怒上心头。

“绫辻侦探。”

“嗯？”

“既然您早就察觉到他背后有教唆犯，为什么不早点告诉我？”

“你说得对，这是我的失误，我由衷地向你表示歉意。”绫辻侦探耸了耸肩，“不过，你们平时一直在我耳边重复的那些话，难道是我的幻听？‘不要做指示之外的事情，不要追究委托之外的事件，你只需要像脖子上拴着狗链的家犬一样乖乖完成委托，然后再摇着尾巴等待下一个命令。’昨天你们委托我的事就是解决杀人事件，我按照你们的委托找出了凶手，并且用异能力判了他的罪。你们还想让我做什么？而且……”

“而且？”

绫辻侦探张着嘴，突然就静止不动了。他似乎没有打算再说话。被强行掐断的话语只留下淡淡的余音，在空中漫无目的地飘荡。

“你刚才说……‘水井’？”

“咦？”

我一时之间没能立即反应过来。

“‘水井’？不是蓄水池也不是坑道，而是水井？你刚才说那个人在下班的路上经过了有水井的路。你是这么说的吧？”

侦探的语速陡然变快，这让我感到很疑惑。

“是……是的。我的确是说了，但是……有什么问题吗？”

侦探突然站起来，迈开腿，看都没看我一眼。

“侦探？”

“闭嘴。”

宛若冰柱般的锐利目光冷冷地刺中了我，让我把即将脱口而出的话又咽了回去。

侦探大步流星地走到事务所的最里面，然后消失在一扇门后。很快传来了下楼梯的声音。

“等一下，侦探！”

我想起来了，这栋事务所里好像有一个通往地下室的楼梯。

不管有什么原因，我都不能让侦探轻易地离开我的视线。于是我藏起内心的不安，急忙站起来去追他。

空无一人的房间里，只剩下黑猫趴在那里无聊地“喵”了一声。

我并不是第一次进入这间地下室。

我对这栋建筑物的布局了如指掌。狙击的死角，以防突然遭遇袭击而设置的厚墙壁的位置，通往后门的最短路线……全部在我的脑中。每个房间我也至少进过一次，全部亲眼查看过。身为专业人士，这是必做的工作。

只不过，不管我来几次，这间地下室都让我极为不适。

沿楼梯走下去之后，便进入了地下室，微冷的空气被我这不速之客的脚步吓得纷纷旋转着逃离。

地下室的天花板很矮，光线也十分昏暗，里面装饰着许多大小不一的人偶。

有古董人偶、复制人偶、球型关节人偶……既有用布料与棉花制成的小娃娃，也有精巧得栩栩如生的等身大小的人偶。这些人偶都闭着眼睛，坐在沙发或展示箱的框架上。其中还有日式人偶，不过数量并不多。

大概是为了防止人偶被光线照射到，这里的灯光十分幽暗。地板上纤尘不染。不知从何处一直吹来阵阵冷风。

虽然这份工作我已经做了挺久，但说实话，这个房间比我至今为止见过的所有杀人现场都更适合成为猎奇杀人案的舞台。

侦探就在房间深处的一张木椅子上坐着。他双手合十，拇指顶住下巴，并且闭着眼睛。

我刚想走过去跟他说话，他就竖起一根手指，拦住了我的脚步。这是“闭嘴”的手势，看来他不想我打扰他。

我很想说一两句抱怨的话，但想了想还是算了。偶尔让他欠我一个人情也不错。于是我便安静地转过身，打量起周围的人偶来。

这里既有美丽的少女人偶，也有少年人偶、动物人偶，甚至还有人兽合体的奇特虚构人偶。

收集人偶是侦探的个人爱好。这些人偶中好像还有人偶师制作出来的极具古董价值的作品，全世界都没有几个。的确，只需要看一眼就能知道，这里的人偶绝对不是那种大量生产的工业品。不过，在我这个过来工作的人眼里，私人事务所的地下有这么一个秘密花园，不管怎么说都是一件非常诡异的事。

侦探曾说过：“人偶比人类更让我感兴趣，而且不会腻。”

真搞不懂。

“我想起来了。”刚才还闭着眼睛的侦探突然发出锐利的声音。

他的眼睛紧紧盯住空中的一点。

“三天前的傍晚，在距离此处两个街区的一条小巷里有一个正对着停车场的垃圾点，那里有一本不知道是哪里发行的八卦杂志。”

“垃圾点？八卦杂志？”我不解地问，“什么意思？”

“就是刚才说的‘水井’，你还不明白吗？”绫辻侦探用冰冷的声音说道，“我经过那里的时候瞥了一眼杂志上的报道。因为我几乎没怎么关注，甚至忘了自己见过它，但……”

“请……请等一下！”我连忙打断他，“您只是瞥了一眼就能记住那本杂志已经很厉害了。不过，您说三天前的傍晚？为什么您会在那个时间外出啊？那个时间应该有监视部队监视整个房子啊！”

“我突然想自己一个人出去散步，就悄悄溜出去了。”侦探轻描淡写地说，“有什么问题吗？”

我差一点就倒在了地上。

为什么他会觉得没问题？问题大了！

我曾经见过危险异能者的名单。其中有一个异能者，光靠意念就能粉碎半径几米之内的一切事物。如此可怕的异能者只被归为三级危险异能者，在名单上排倒数第三。而侦探的名号“特一级危险异能者”远远在他前面，两者的危险程度简直就是天壤之别。

这么危险的异能者，居然背着严密监视他的部队，悠闲地出去散步？

他究竟是怎么——

“特务科的监视小组虽然十分优秀，但当夕阳照在窗子上，反射出光线时，他们就会因为刺眼而放松对那扇窗子的监视。只要我在窗子内侧另放一块玻璃，伪造出反射光线，就可以轻易地从窗子跳出去。”

我的头好晕。要是我把这些话如实汇报给上级，上面就会彻底调整监视体制，到时候我三天都不用睡了。

“这种事不重要。”侦探很快结束了这并非不重要的话题，“总之，问题是那本八卦杂志上的内容，那段报道里提到了‘水井’。”

“水井……有这么特殊吗？”

这附近的确很难见到水井，除非是去还留有旧民房的山区，否则估计是见不到的。但是我并不觉得杀人犯曾经经过水井附近这件事有什么深刻的含义。

侦探能清楚地记得三天前只瞥过一眼的杂志报道，我承认他的记忆力非常惊人，但他现在为什么这么在意那则报道与“水井”的事呢？

“杂志本身写的都是些低俗的流言和都市传说，并不值得阅读。但是，我当初瞥到的那则报道有这么一句——”

侦探说到这里，用锐利的目光看了我一眼，仿佛要看穿我的内心一般。他说：

“能使叩拜者变成恶人的水井。”侦探的视线越发锐利起来，“在这口水井前许下的愿望将会变成天赋的邪恶，即使恶事做尽也不会受到任何惩罚。”

“邪恶……”

怎么可能？

我试图一笑而过。一是因为“邪恶”这个词听起来太不自然了，总觉得像是神话故事里的用语……二是因为，怎么可能有人明知道许愿就会变成坏人还去许愿呢？简直太奇怪、太可笑了。

然而我没能一笑而过，甚至连气都喘不过来。房间里的空气在不知不觉间变得紧张起来，我感到口干舌燥。

“辻村，如果你想弄清事件的真相……”绫辻侦探依然坐在那里，他的眼睛里依然没有丝毫温度，“就让特务科委托我去探清楚那口水井吧，说不定……会有妖怪。”

绫辻侦探说完，露出了一抹浅笑。

就结论而言，绫辻侦探所说的话是百分之百正确的。

能使叩拜者变成恶人的水井是真实存在的，叩拜了这口井的人的的确确变成了恶人，做下了恶事。

除此之外，侦探还说对了一件事。

在调查那口井的时候，我们发现了一种无法用其他词语来形容的东西——妖怪。

次日，绫辻侦探事务所正式接到了围绕一口井展开的解谜委托。

古井在县界的湿地边上。

那里既可以用宁静形容，也可以用阴森形容。四下望去，杳无人烟。除了斑鸠的叫声之外，只能听到环绕周围的树丛传来的嘈杂声，还有面前这条小河的潺潺流水声。

走过一个狭窄的十字路口，就能看到小河对岸的水井。为什么明明面前就有一条河，还要特意去挖一口井呢？我不明白。一定是在这口井被挖的时候——大概一两百年之前——这里还没有河流，或者河水无法饮用吧。这个问题目前并不是很重要。

重要的是，有好几起杀人案的凶手都曾经造访过这里。

我和绫辻侦探顺着传闻来到这里，调查这口井。

而我们这一路走来，说实话，完全谈不上轻松。首先，我按照绫辻侦探的指示找到了那家八卦杂志的出版社，然后向写那篇报道的记者询问情况，从那名记者—— 一个话非常多也非常配合的记者——那里得到了有关这口井的情报。

“真不好意思，那篇报道其实还没收集完材料呢。”记者尴尬地抓了抓后脑勺，“我本来打算多调查些内幕，再写篇报道的……但毕竟上头……”

记者竖起食指，举到双耳旁，然而我没有看懂他这个动作想表达什么。

我们当时坐在出版社的会客室里，记者一边喝茶，一边向我解释道：

“不过有一点我可以确定，罔象川边上的那口井，绝对有问题。绝对有。我估计是什么脏东西。”

“脏东西？”我问。

“就是脏东西。其实这个我没写在报道上……”记者突然压低了声音，隔着桌子将身体探了过来，看上去像在演戏一样，“一直与我们公司合作的一位律师——请容我不能告诉您那个人的名字——曾经负责过一起杀人案。在那起案件中有一家四口人都死于火灾，只有凑巧外出的男主人逃过一劫。于是那位男主人被怀疑是凶手，所以他找了律师为自己辩护。不过最后由于证据不足，没有起诉。”

我一边听他说，一边奋笔疾书：火灾，一家四口，不起诉男主人。

“然后啊，我听律师说，在事后的庆功宴上，那个委托人说了这么一句话：‘多亏我去找了那口井，才改变了命运。是那口井让我得到了重生，它可真是一口天赐的神井啊。’听了这句话，律师确信那起火灾就是他引起的。律师说‘是这个委托人杀了他的家人，并且把现场伪装成了火灾现场’。”

“什么？”我不由自主地提高了音量，“那他为什么没被判刑？”

“那是因为啊，听说警方调查的时候判断那是一起彻头彻尾的事故，根本没有第二种可能。”记者耸了耸肩，“失火的原因是厨房的火没关好。我也找了门路偷看过当时的卷宗，哎呀，简直毫无破绽。不管怎么看都没有一点人为的可能。”

我陷入了思考。完全看不出人为痕迹的死亡事故，没有任何人被判有罪的案件……这就是完美犯罪啊。

“那位律师也很是苦恼。”记者露出了为难的表情，“毕竟他必须替那个杀了四个人的杀人狂魔保守这个秘密。当然了，他本人也很清楚自己从事的职业就是这样。不过，他心里可能还是有负罪感吧，所以我才能用酒把他灌醉，套到了这些内情。”

“原来如此。那么，那个男人在井边具体做了什么？”

“我虽然很想配合您的工作……但是这个问题真没问出来。啊，不是说我，是律师。就算他是那个男人的辩护律师，直接问‘你去那口水井的时候，具体是什么为你制造了杀害家人的契机’，对方也不可能告诉他的，对吧？”

“那个男人现在在哪里？”

“我也找过他，但他已经完全藏起来了。他被释放后就立即不见踪影，我连他搬家后的行踪都没查到。”

看来追查那条线有困难啊，那就只能从水井本身开始调查了。

“我只知道，那家伙曾经说过这么一句话。”记者神神秘秘地说，“‘它既是一口井又不是井，它是一个祠堂’。”

“祠堂？”这个词可不怎么在日常生活中出现。

“就是用来供奉那种……稀奇古怪的东西。只要在风中念叨什么‘天灵灵地灵灵’之类的，那个被供奉的东西就会听到，然后把人变成坏人。”

“把人变成坏人……”

“我听说那个被释放的男主人，以前是消防员。”记者的表情有些沮丧，“保护人民不受大火伤害的人，居然用火将家人……侦查员小姐。”

“嗯？”

异能特务科在外面侦查的时候，是可以使用其他身份的。现在的我是军警的特殊高级侦查员。

“我想拜托您一件事。请您一定要想办法破了这起案子。我虽然是一个连温饱都成问题的三流记者，但我心里很清楚，不能再放任那个东西乱来了，否则肯定还会有人受害。在出现什么巨大的怪物之前，拜托您解决掉它。”

记者用手指抵住桌子，深深地低下头去。

我不知所措地看着他的头顶，最后只好无奈地说了一句“我明白了”。

“……就是这样。”

“原来如此。”

听完我的话，绫辻侦探随口应付了一句。

“绫辻侦探，我的侦查能力怎么样？才没几天就收集到这么多情报，很了不起吧？”

“嗯，真是了不起的没用。你根本只是坐在那里听吧？完全是那个记者单方面地说。那个记者叫什么名字？”

“我记得好像是叫鸟还是什么……”

“真是了不起的侦查能力。”

我还没来得及反驳，绫辻侦探就大步流星地离开了。

我刚想追上去，又停了下来。

树木在沙沙作响。

有点冷。这里明明远离城市，连个鬼影都没有，我却有种正被人盯着的感觉。

为了挥散这种阴森森的气氛，我快步追上侦探。

“唔……”侦探在水井前停下脚步，“这可真是有意思。”

我从侦探的背后探出头，看向那口井。

那是一口混凝土造的古老水井，早就朽烂了。井的外侧缠了两圈烂糟糟的稻草绳，隐约透着一股邪教的气息。不过也只有这些。上面既没有写什么类似密码的东西，也没有神秘的异能生物在蠢蠢欲动。而且我根本没在这里察觉到一丁点的异能气息。虽然我的能力不如资深的前辈，但我好歹也是异能特务科的人，在异能方面，还是有点嗅觉的。

总而言之：这就是一口普通的古井。

“十字路口、河流、水井……有点像了。”绫辻侦探像是在自言自语，“辻村，你能看见那些东西吗？”

绫辻侦探指着井口根部。

我凑过去蹲了下来。虽然它们经历风雨，全身都沾满了泥土，但我还是一眼就看出来那是竹叶，而且还有好几片。

“一共有几片？”

“一、二……四片。”

“四片啊……”

绫辻侦探皱起了眉。

“还能再找到别的什么吗？”

“我看看……”

我弯下腰仔细观察水井。

竹叶的周围几乎都是泥，除此之外还散落着一些小黑石子，以及数枚大个儿的紫色圆石头。然后就没有什么特别的了。

我也伸头看了看井里，里面相当深。因为上方是一片树丛，挡住了阳光，我没法看清井底是什么样子。不过我猜这口古井早就干涸了，底下堆的全是泥土而已。

“就这些……吧。”

“就这些吗……可能在你看来，的确就这些吧。”绫辻侦探一副波澜不惊的样子，“你仔细看看那个紫色的圆石头。河流周围的石头要比这尖锐得多，磨损成这样的圆石头，只有在更下游的地方才能看到。所以说，这种石头是人带过来的。”

“咦？”

我凑近了些，仔细看了看那种石头。它们就在竹叶的旁边，看上去确实和其他石头不一样，圆得很奇怪，跟人的眼球一般大小。

“一共有几块？”

“唔……六块，一共有六块。”

我用食指挨个数完后回答。为了防止遗漏，我还在稍远一点的地方找了找，但确实只有井边才有那种紫色石头。

绫辻侦探抬起头，盯着某个地方想了一会儿，开口道：

“有盐吗？”

“盐？”

盐……调味用的那个？

我本来想反问一句，又怕他说我又问蠢问题，便把话咽了回去，默默地盯着脚下的地面。

不过……盐？在这种荒无人烟的野外找盐吗？

我记得几天之前，这附近应该下过雨，竹叶也被风雨弄得很脏。就算哪里有盐，估计也被雨水溶化了吧……

“不知道。”我摇了摇头，“您为什么会想到盐？”

“说到竹叶和石头，第一个联想到的当然是盐。为什么你不知道？”

我也不知道为什么我不知道。既然是侦探说的，应该不会有错，但我满脑子都是问号。

侦探轻轻地叹了一口气，然后如吟诗一般低声说道：

“像这竹叶的青一般，像这竹叶的干枯一般，就那样地发青和干枯吧！像这盐的满干一般，就那样地满干吧！又像这石头沉下去一般，就那样地沉睡着！”**（注：这段话出自《古事记·应神天皇》，翻译取自周作人版本，中国对外翻译出版公司二〇〇〇年出版。其中“盐”与“潮”相通，故如此说。照例石头也应当说沉浮，而事实是石头不能浮，故只有沉这方面。）**

念完这一段，侦探复归沉默。

他的周围吹起一股莫名而来的冷风。

“这是……”

“从字面就能推测出来吧，这是‘诅咒’。在《古事记》中卷里，有一个名叫秋山之下冰壮夫的男神，他违背了与弟弟的承诺。于是他们的母神十分气愤，用竹叶、石头与盐做成咒具，诅咒了自己的大儿子。最终，秋山之下冰壮夫因诅咒受了八年的病痛之苦，乞求母亲之后才获得了原谅。”

“谁叫他不早一点道歉。”我把自己的想法直接说了出来，“不过……《古事记》写的都是千年以前的事吧？那些跟这口井有什么关系……”

“你的问题还是这么没营养。重要的不是关系，而是意图，并且这也要等我们找到了盐之后才能确定。”

“可是我们根本看不到，要怎么找……”

“不要明知故问。”侦探冷冰冰地睨了我一眼，“你长舌头是干什么用的？去给我舔。”

什么？

舔竹叶？

侦探察觉到了我由衷厌恶的表情。他站在那里俯视着我，仅仅挑起唇角，露出了一个不屑的笑容。

那一瞬间，就那么一瞬间，“我要换岗”四个字闪过我的大脑。

竹叶脏得不得了，上面全是泥，都不知道沾了些什么。而且要确认上面是否有盐，还不能把上面沾的脏东西擦干净。

我捏起一片竹叶举到眼前，像瞪杀父仇人一样瞪着它。

这时，我灵光一闪，想到了一个好主意。

“对了，”我道，“交给法证科的人去检查一下不就好了？”

“居然被你想到了。”

绫辻侦探十分遗憾地咂了一下舌。

接下来，我们在水井周围展开了调查。

可那里连一丝人为的痕迹都没有，更别说脚印和遗留品了。除去竹叶和石头之外，我们甚至连有人曾造访过这里的证据都没有找到。这口井……真的是能将人变成杀人魔的“祠堂”吗？光凭《古事记》这一个线索，我觉得有些不靠谱。

我一边在周围探索，一边用余光观察侦探。

他既没有拿着放大镜观察四周，也没有吸着烟管陷入思索，而是用手指摸了一下井口的边缘。比起侦探，他的目光更像是一个设计师在欣赏自己的建筑。接着，他掏出怀表，冲着太阳举了起来。

最后，他将手掌伸向井底，保持着这个姿势一动不动，像是在从那里感受灵气似的。

“您感觉到什么能量了吗？”我问道，“您什么时候变成灵力侦探了？”

“要是一切案件都能以灵力总结，那侦探这份工作可就轻松多了。”侦探用锐利的目光看着我，“这世上不存在那么玄幻的东西，杀人凶手就是活生生的人类。这个结论几乎在所有情况下都适用。”

绫辻侦探的这句话有些奇怪，我疑惑地看向他。他的表情一如既往地冷若冰霜，纹丝不动。

侦探沉默地盯着井看了一会儿，突然毫无预兆地转身离开。

“侦……侦探？”我冲着他的后背叫道。

“调查结束了，回去吧。”

“回去？”我连忙追了上去，“可这里是唯一的线索啊……难道您已经知道什么了吗？”

“什么也不知道。我放弃了。”侦探头也不回地说道。

“放弃？”我十分惊讶。这是我第一次从他口中听到这样的话。

“对。”

我快步追上侦探。他的步子很大，就算是自然行走速度也很快，要是我不小跑，就会被慢慢甩在后面。

放弃、失败、没有线索。这些应该是侦探的字典里不曾有过的词语才对。

但侦探像是已经对井失去了兴趣，毫不留恋地离开了那里。我除了跟上他，没有别的选择。

我们开车回到了市里。这期间，绫辻侦探一直看着前方，盯着虚空的一点。

我一边开车，一边不时观察侦探的模样。他是在思索什么，还是在为找不到线索而暗自不甘呢?

我想，可能偶尔也会有这种情况吧。一个巨大的邪恶根基就那样明晃晃地摆在自己面前，但自己无论怎么努力都无法爬到它的上面。一切线索都被藏起，一切提示都被拿走，哪怕是造物主都无法得知真相。这样的悬疑现场说不定真的存在。对侦探来说，或许今天就是他第一次碰壁的日子。

“别太在意了。”我故作爽朗地说，“接下来法证科也会来帮我们调查的……而且，一口井怎么可能是所有邪恶的根源嘛，简直太匪夷所思了。那口井不管怎么看都只是一口普通的古井，而且特务科的资料上也没有记载什么能够把人变邪恶的异能，一定还有别的线索……”

“别的线索？”绫辻侦探突然开口，“辻村，你觉得真的能找到吗？那口井是最初也是最后的线索。因为它是一口井。”

“因为它是一口井？”我握着方向盘，不解地重复，“不就是井嘛，随处都有啊，为什么您这么在意那口井呢？”

想来也是，从一开始，侦探就对“井”这个字十分敏感。那名八卦杂志的记者说那口井有古怪，这的确很令人介怀，但反过来说也仅此而已。夏令营的杀人案和杀害家人的纵火案，这两起案件的凶手说不定只是碰巧经过了同一口井，光凭这一点并不能断定那口井就是万恶之源。

“井是很容易冒出脏东西的。”绫辻侦探说，他的唇角微微挑起，“这就是原因。”

“脏东西？可是……”

我记得那名杂志记者也说过类似的话。

“你知道《皿屋敷》这个鬼故事吗？”

绫辻侦探突然问道。

“《皿屋敷》……是那个吓人的鬼故事吗？”我动员起自己的记忆细胞，“我记得好像是说有个女鬼，每晚都在那里数盘子，说‘还差一个’什么的。”

“没错。我也不是专门研究这个的，所以就从某个男人那里现学现卖了。《皿屋敷》是一个很有名的鬼故事，歌舞伎和净琉璃也经常以它为题材。（**注：“歌舞伎”和“净琉璃”是日本四种古典舞台艺术形式中的两种，另外两种是“能戏”“狂言”。**）在播州姬路有播州皿屋敷，在江户番町有番町皿屋敷，此外在土佐、出云、尼崎等日本各地也有类似的奇闻。”

“这……这样吗？”我都不知道。日本各地居然有这么多版本，过去日本是不是很缺盘子啊。

“这些舞台剧的布景中有一个共通点，那就是只有水井闹鬼，宅子的其他地方都没有鬼出没。除此之外，还有很多传说中的井也会闹鬼或发生灵异事件。其实，很多地方都有把井当成神圣之地进行祭拜的风俗，有些地方还会把井当作供奉弥都波能卖神等水神的建筑。另外，很多人认为井是连接现世与黄泉的通道。据说在平安时代，有一位名叫小野篁的高官，他每晚都会经由一口通往黄泉的井进入地狱，辅佐阎王处理事务。”

白天是官吏，夜晚是阎王助理。如果放到现代，这人可真是一个不折不扣的工作狂。

“那口井靠着县界河，附近有十字路口。换言之，它就是一个‘边界’。不只是井，所有的边界——也就是连接这边与那边的事物，从很久以前就经常出现鬼怪奇谈。这就是我说的——很容易冒出脏东西。”

“您的意思是，那口井‘背后有什么隐情’，是吗？”

“至少那口井凑齐了能让我产生这种想法的因素。”

我很是不解。

“您是说，这些案件有可能真的是鬼怪作祟？有一个鬼只要听到别人许愿，就会赐给那个人邪恶之力，然后附身在那个人身上去杀人……”

我都被自己说的话吓得后背发凉。如果可以，我真不想负责这种案子。

“怎么可能？”

侦探用平常那种语气一口否决了我，这让我安心了一些。

“鬼也好，死后的世界也好，都是不存在的。至少跟这次的案件毫无关系。若硬要说有关系，那就是这次案件的主谋者，试图扮演那种东西罢了。”

“扮演？”

“嗯。”侦探看着窗外，“那家伙还真是喜欢井啊。”

那家伙喜欢井，扮演，主谋者。

我心里隐隐有一种感觉，必须现在问个清楚。

“绫辻侦探，关于这起案件的布局和幕后策划者，您是不是已经……有头绪了？”

侦探并没有立即回答。

正好这时前面的红灯亮了，我踩下刹车。有几辆车从前方的十字路口开了过去。

等绿灯亮起来的时候，侦探才开口道：

“人们之所以害怕幽灵鬼怪，是因为对它们不了解。能够被人看出结构与意图的东西不能算是妖怪，这也是异能与妖怪的区别。异能是一种系统，容不得阴森诡异的手段。策划这起案件的人对这个心知肚明，利用的正是这一点。”

侦探用手指敲了敲细烟管，继续说道：

“我用手指量了一下井口的外周长。一周约二百三十二厘米，除以圆周率三点一四，得出直径约为七十四厘米。我在井口边缘张开手，调整视角，让手指的长度等于井底的直径，然后利用三角测量的原理，就能计算出井深。我的大拇指大约长六厘米，眼睛与手之间的距离大约三十三厘米，然后简单地心算一下井深，大约是四百零七厘米，不过还是会有误差。”

我目瞪口呆。

这么说来，侦探在调查水井的时候，的确用手指量过水井外周，也冲井底张开过手。

原来那并不是在感受灵力，而是在测量井深啊。

但是，知道这些又有什么用呢……

“还有一点，六个圆石头与四片竹叶。这两个数字也是有意义的。过去，一天分成十二个时辰，在第六个时辰，也就是巳时，要敲四下钟，因此也被称为明四，换算成现代的时间是上午十点左右。”

第六个……四下钟。数字对上了。

“在这个季节，明四的太阳角度大概是六十八度。你还记得sin和cos吗？当阳光以六十八度的角度射入直径七十四厘米、深四百零七厘米的昏暗水井时，应该正好照在比井底高二百二十四厘米的位置。等明天的那个时候再去调查一下那里，应该就会有结果了。”

我一时之间哑口无言。

我原以为侦探在那口井前面什么也没做，可其实他已经想了这么多。

“但是，为什么井里会有这样的设计？”

“当然是为了营造有妖怪的假象。这就相当于魔术的戏法与骗术的后台，有人看到枯芒草都会当成鬼。记者说那口井是什么？”

“他说……”我回想了一下，“那是能让祭拜的人变成恶人的

‘祠堂’……”

“这就是它的真面目。”绫辻侦探闭上了双眼，“也就是‘暗号’。那口井并不是赐予邪恶的祠堂，而是一种试炼，为的是鉴定前来的人是否有智慧与毅力去作恶。恐怕在井内二百二十四厘米的位置有通往下一个地点的提示，如果在下一个地点再解开谜题，通过最后关卡，这个人就能得到完美犯罪的情报。想进入那口井看到两米多高位置上的提示，要么用工具，要么两个人合作，还得做好浑身沾满泥土的心理准备。能做到这些的，必定是具备毅力与知识，以及身陷走投无路的困境中的人。而反过来说，具备这些条件的人才能够万全地使用完美犯罪的提示——也就是说，他们具备变成‘恶人’的条件。”

我完全听傻了。

水井既不是祠堂也不是通往异界的大门，而是试炼场？

迄今为止的罪犯们，都是通过了那些关卡的合格者？

确实，合格者不会把井里的试炼内容泄露给其他人，因为这样一来不仅不是完美犯罪，还会暴露自己犯罪的事实。如此一来，旁人就会相信那不明究竟的诡谲传言——去过那里的人会化身邪恶。

“我们有必要解开那口被完美设计过的水井之谜。”绫辻侦探道，“并且有必要破坏隐藏在那背后的设计者的真正目的，否则无法解决的犯罪会像传染病似的不断增加，就好比之前那起毒杀儿童案。如果不尽快抓住制造这个机关的人并阻止他，恐怕这个国家的杀人案会激增到其他国家的数百倍。”

绫辻侦探的不祥预言在车内荡开。

一股焦躁不安爬满我的全身。

绫辻侦探是什么时候看穿那个设计的？

那个设计是什么人，出于什么目的制造的？

无数问题堆积在我的心口。

“啊，”但最后从我口中说出的，却是其中最离题的问题，“刚才您在井边说‘什么也不知道’，然后转身就走，是因为不想让自己身上沾到泥土，所以才不告诉我的，对吧?!”

“明天你带着同事一起去那里洗个泥浆浴吧。”绫辻侦探莞尔一笑，“祝你有精彩的表现，侦探助手。”

【 】

绫辻行人走在狭窄的小巷里。

他独自一人，沉默不语。

天空很蓝，大厦更蓝。薄云与枯叶步调相同地向西流去。

孑然一身的绫辻目光冰冷。就算大厦没有挡住的阳光斜斜洒在他的身上，也无法减轻半分他目光中流露出来的寒意。

绫辻拐了个弯，踏上破败工地旁边的路。

特务科的狙击队现在应该十分惊慌吧，因为特一级的监视对象又跑了。他们前几天才好不容易想出对付绫辻双层窗脱逃法的对策，结果还是没用。估计监视负责人的饭碗要保不住了。

然而，绫辻的确有必须做的事，为此他才不惜花费时间从那里逃出来。

他有一种预感。

绫辻的右手碰到一张高大的铁丝网，这大概是为了防止有人盗窃建筑工地里的重型设备而设立的，就算是绫辻这种身高也很难翻过去。

无论是建筑工地里，还是绫辻所在的这条小巷中，都没有任何人的气息。

在绫辻从**那个地方**经过时也一样，没有任何人的气息。

“好久不见了，绫辻君……水井那起案件，你解决得真是漂亮。”

一个声音从地狱之底浮了出来。

绫辻没有回头，他只是停住了脚步，慢慢地眨了两次眼睛。

吸气，呼气。捏紧拳头，然后松开。闭上眼睛。对绫辻来说，他需要这些时间，好让自己能够发出声音。

然后他开口道：

“果然是你做的好事。你知道我在引用《古事记》的时候有多恶心吗？”

绫辻转身看向旁边。

他看到了那个人。

破烂的和服，蕴藏着千年智谋的泥黄眼瞳，带着酒窝的脸颊。

那个人的脚下连影子都没有，仿佛一缕幽魂。

他坐在铁丝网对面的一块长满青苔的石头上，脸上带着冰冷的嗤笑。

“老夫讲的课能帮上你的忙，真是再好不过。”

在绫辻的眼里，老者的笑容显得十分得意。

“你总是让我感到不快，京极。”绫辻眯起眼睛，“要不要我现在就叫一支特务科的外勤部队过来，专门为你开一场烟花大会？”

绫辻一把抓住铁丝网的铁丝，金属发出“哗啦”的声音，在小巷中回响。

“你心里很清楚，绫辻，这是没用的。”京极哈哈大笑，“老夫事先已经做好了充分的准备，否则是不会到这里来的。毕竟老夫的胆子很小。”

绫辻眯起眼睛。

“那个时候——在瀑布上面，你说过‘与即将开始的“仪式”相比，以前的那些比试不过是揭幕式罢了’，然后就从瀑布上跳下去了。”

“哈哈哈哈，跳下去之后老夫也冻得不轻啊，再怎么说也是第一次感受死亡。”京极的讥笑中没有一丝逞强的成分。

绫辻行人与京极夏彦。

这两个怪人的对决，原应在两个月前，在瀑布之上便画上句号。

成为绫辻的异能——“能够让凶手死于非命的能力”的目标的人，根本不可能存活才对。

“……”

绫辻缄默不语，只是盯着铁丝网对面的人。

如果有路人看到绫辻这副模样，估计那人的内脏会马上痉挛起来，然后剧烈呕吐吧。

因为绫辻的眼睛里充满了真正的杀意。

他眼里那种金属质感的锋利杀意，能让人联想到精心磨利的割头镰刀。

“看来，光是杀了你还不够。”绫辻压根没想隐藏自己的杀意，他的口腔中飘出丝丝冷气，将周围的空气都冰冻了起来。“好，我就陪你玩玩吧，妖术师。你设计的什么‘仪式’，多少可以打发一下无聊的时间。”

“这样才对。”京极又笑了一声，然后像突然想起什么似的，“你的奋战关系着很多人的性命，加油吧。”

如果不尽快抓住制造这个机关的人并阻止他，恐怕这个国家的杀人案会激增到其他国家的数百倍。

绫辻想起了自己曾说过的话。

他要揭穿京极的“仪式”，阻止他的阴谋，然后为他们的孽缘画上真正的句号。

这时，京极蓦地一扬眉，问：

“你知道什么是蛟吗？”

“蛟？”绫辻眯了眯眼。

“最早的时候，它是栖息在吉备中之国的川岛河深潭中的大虬；有时它是《万叶集》十六卷中境部王诗歌中的蛟龙；有时它又是《魏志倭人传》中的蛟龙。它有各种各样的名字，各种各样的姿态。不过简单说来，它其实就是生活在水边的蛇或龙的化身。而它，就是你的下一个对手。”

“蛇？”绫辻的声音变得低沉了一些，“你是说，蛇要杀人？”

“没错，很有趣吧？”京极耸耸肩，“下一个牺牲者，会被井里爬出来的蛟吃掉。这就算是一个杀人预告吧。杀人侦探，你要怎么做呢？就算你再厉害，也救不了被害人，因为蛟可是妖怪。”

杀人预告……

被井里爬出来的蛟吃掉。

“果然是井啊。”绫辻闭上了眼睛，“也就是说会有第三个人在那里接受你的指点了。”

“你猜呢？”

“邪魔外道，”绫辻怒斥一声，“我也送你一个预告吧。我下次杀你的时候，一定会更加仔细。”

“这可真是无与伦比的夸奖。”京极愉悦地笑道，“那么，现在就请嘉宾来庆祝我们新游戏的开始吧。这是老夫送给你的小小节目，你转身看看。”

绫辻像触电一般回头看去。

只见小巷深处有一男一女两道人影。

两人手里都握着手枪。

手枪在微微颤抖。

“你……你就是，绫辻先生……吗？”男人问。

绫辻没有回答。

男人穿了一身西装，戴着眼镜；女人留着一头及肩长发。这两人看上去年龄都在三十五到四十之间，并没有什么明显的特征，只是两人左手的无名指上戴着成对的戒指——这是一对夫妻。

“洋介，我……我做不到……”妻子颤巍巍地说，她用拿枪的那只手擦了擦夺眶而出的泪水。

“别怕，律子，按要求去做就行了。”男人又哭又笑地应了一声，他的呼吸非常急促。

一对拿着手枪哭泣的夫妻。

绫辻观察着这两个人，很快便得出了一个结论。

他们不是为射杀绫辻而来的。他们——

“把枪放下。”绫辻低声道。

“一个陌生男人，帮我们付了……一个女儿的手术费。”丈夫浑身颤抖，上下牙直打架，“他还说，如果我们按他说的去做，就会帮我们把另一个女儿的手术费也付了。”

“洋介，我……我实在太害怕了，还是……”妻子闭上了眼睛，泪水不断滑落。

“律子，没什么好怕的，这都是为了我们的女儿，我们之前不是已经下定决心了吗？别再耽搁了。”

瑟瑟发抖的夫妻二人，在绫辻的面前——

将手枪顶住了彼此的脑袋。

“住手！”绫辻向前踏出一步喝道。他连犬齿都露了出来，眼中翻滚着从未有过的怒涛，“把枪放下，那个男人只是在玩弄你们的性命！”

“我们知道。”二人流着泪，一边哆嗦一边微笑。

“可是对我们来说，这不是在玩……开始吧，律子。”

“神啊……嗯，你说的对……”

二人紧紧闭上了眼睛。

“住手！”

绫辻大吼着冲过去，向手枪伸出手。然而已经来不及了。

那对夫妻同时击穿了对方的头部。

深红的血液喷洒在小巷里。

小巷的墙壁上满是鲜艳的红色。

二人在枪火的冲击下一左一右弹开，然后倒在地上。他们已经变成了单纯的肉块。

小巷中只剩下绫辻长长的身影。

“血是无果之花，因此才格外美丽——因爱而落的鲜红飞雪更是美丽非凡。”

“京极……你这个混蛋……”

“老夫是一个研究者，曾详细调查过你的异能。你的异能无法将‘付了手术费的男人’定为杀人犯，对吧？”

绫辻用尽全力捶打铁丝网。

而前方的京极已经消失不见。

“就是这种表情啊，绫辻……老夫就想看到你这样的表情。好好享受老夫的妖术吧，下次再见。”

京极的声音不知从何处传来，在小巷中回响，然后渐渐消散。

独自留在原地的绫辻低着头一动不动，他紧紧握着铁丝网，即使手掌出血也没有松开。

鲜红的血在小巷中慢慢流淌。

这则新闻转瞬间便传到了特务科的耳中。

上头甚至把我叫去内务省，让我解释情况。我当然一句话也答不上来。那个怪物——京极，他还活着。他明明应该从瀑布掉下去死了才对。

为什么？他是怎么活下来的？虽然我们当时没有找到他的尸体，但好几个单位都曾彻底调查过，不可能有人从那个瀑布上掉下去还能存活。

而且京极被绫辻侦探那“令人死于非命”的异能锁定。至今为止还没有人能从这异能底下逃脱。

我们在内务省的时候，坂口前辈一直板着脸沉默不语。等解释完情况回到基地时，他只对我说了一句话：“总之，先去收集情报吧。”

我回答说会尽自己全部的努力去做，我心里也的确是这么想的。

我有一个线索。

十八个小时之后，我来到了郊外的某个污水处理厂。

我单手拿着文件，倚靠墙壁而立。四周很安静，远处传来巨大的处理机器工作的声音，在我的四面八方回响。

近年来，污水处理厂很干净。没有污水的臭味，墙上也没有溅上泥。既干净又冷冰冰，一个人也没有。员工都在两公里以外的事务所里操作电脑来处理污水，所以这里空无一人。

如果想在不被敌人发现的情况下与人密会，这里真是不二之选。

我所在的通用走廊上现在连人影都没有，只有一半被埋在墙壁里的药品输送管。这里既没有被安装窃听器，也没有人藏在哪里偷听，空荡荡的。

我的脑中冒出了“有点像间谍电影”的念头，转而又觉得好笑。如果这是在间谍电影里，我就不会担心得连胃都要烧起来了。因为我知道，间谍电影的最后结局必定是正义打败邪恶，大获全胜，他们要表现的只有“如何胜利”，而我不是。

现在的我，完全想象不到自己能够战胜那个怪人——我的敌人。

远处传来了脚步声，听上去很是悠然。

神奇的是，只是听到这个声音，我就安下了心。

“你选的地方真是别致。”低沉冰冷的声音说，“讲究舞台装置可是二流做法啊，秘密特工。”

走廊尽头的通用门打开，出现了一道身影。

“绫辻侦探。”我说。

“我觉得你应该稍微犒劳一下自己的同事。如果狙击监视部队知道我一个人从侦探事务所打车跑了过来，你能想象他们会乱成什么样吗？你叫我过来的目的，应该有相应的价值吧？”

“我找到井里的暗号了。”我举起文件道。

“哦？”绫辻侦探隔着墨镜，微微挑起了一侧的眉毛。

我打开文件，把资料摆在他面前，说：“您说的没错。在井里中部的墙壁上有三处龟裂。裂缝既细又深，如果没有被上午时分的阳光照到，根本看不到里面。藏在里面的是几个非常小的塑料片，我用镊子好不容易把它们夹了出来。它们上面都写着极小的字，这就是放大后的照片。”

我用手指指向其中一份文件。绫辻侦探拿了过去。

“978–0–”

“5–19–1”

“198–57”

三种塑料片上分别写着这三行数字。

绫辻侦探一言不发地盯着照片，眯细了眼睛。

“以防万一，我已经把那些塑料片都处理掉了。这样一来就不可能再出现新的‘完美犯罪者’了。我们姑且在井的周围安排了监视……”

“没用的。”绫辻侦探干脆地说，“那不是唯一的井，应该还有其他地方会有‘妖怪’出现。”

“妖怪？”

“对。”绫辻侦探用刀子一般的目光瞥了我一眼，“至少对方想让我们这样以为，不过我还不清楚他这样做的目的是什么。”

我点点头，那个怪人的想法根本没人能猜透。我们知道的只有一件事，那就是如果再放任他，就会接二连三地出现牺牲者。

“这些塑料片是暗号吗？”

“对。”

“只要解开这些暗号，就能离那家伙更近一步？”

“对。”

“特务科的暗号小组也在解读这些暗号。他们使用的是电脑上的特殊解读程序，不过现在还没有得出结论。但他们说这几天应该就能解读出来。”

“这几天？”绫辻侦探抬起了头，“我刚才就解读出来了。”

“咦？”我一下子没明白他在说什么，“刚才……刚才？您这么快就解读出来了？”

“你干吗惊讶得露出这种像金鱼一样的表情，这个暗号又没有多难。”绫辻侦探用手指弹了一下照片，“不需要想象力，也不需要联想力，你自己想想看。”

听他这么说，我看向写着暗号的照片。“978-0-”“5-19-1”“198-57”。

这些是被分别藏在井里的暗号，真正的顺序不一定就是这样。有可能它们只是单独的暗号，也有可能要连在一起拼成一组数字。

刚看到资料的时候，我曾经思考过一次，但什么也没想出来。

“5-19-1”看上去有点像日期。五月十九日一点。但是另两组数字却不像。那么要把它们变换成字母吗？第五个字母是e，第十九个是s，第一个是a……可是其他两组暗号呢？“198-57”要怎么变换？又没有第一百九十八和第五十七个字母。究竟要从什么角度思考……

这时，绫辻侦探静静地说了一句话：

“人们都很喜欢玩解读暗号的游戏，但大家经常进入一个误区，那就是觉得暗号就是等别人用固定的方法来解开自己。给我。”

绫辻侦探把文件拿了过去，然后用手指挨个指着说：

“这是连在一起的一组数列。第一个‘978–0–’是以连字符结束的，这不是很不自然吗？因此可以轻易地推测出来。直接告诉你吧，顺序是‘978–0–’‘198–57’‘5–19–1’。接下来就需要知识了。”

绫辻侦探指着一张照片：

“看到开头的‘978’，不知道你能不能发现。可能语文老师会比较容易解开这个谜题，因为这个数字是所有书籍上都必定会有的世界通用的前缀数字。”

“书籍？书籍是指……普通的书？”

“不然呢？”绫辻侦探冷冷地看了我一眼。

“这是国际标准书号，全世界的书都有各自不同的书号，绝不可能相同。原本是十位数字，但为了防止书号不足，二〇〇七年便增加到了十三位。而增加的那三位数字，就是‘978’。现在几乎所有书籍都在使用这个书号。每本书内侧的条形码上都必定会印着这组数字。”

“那么这个数列是……”

“这个数列代表了某本书。‘978–0–198–575–19–1’。开头的978是固定书号，后面的0代表语种，指的是英语。接下来的‘198–575–19’是出版社识别代号与书名版别代号。最后的1是用来核对书号是否正确而自动分配的数字，通常都是一位，所以我才确定‘5–19–1’是排在最后的。也就是说……这个数列指的是某本英文书。在网上应该能很容易地查到书名。”

我连忙掏出手机，联系特务科去调查。

跟绫辻侦探说的一样，对方几秒钟的时间就查出来了，我道了一声谢，然后挂断了电话。

“已经查到了，出版社是牛津大学，”我对绫辻侦探道，“书名是《The Selfish Gene》，这是它的第一版。作者是理查德·道金斯。出版年份为一九七六年。”

“那本书啊……”绫辻侦探皱起了眉，“一部著名的科学系基础书籍。国内翻译的书名叫《自私的基因》……不过，我有点意外，从那口井来看，我还以为会查到民俗学或灵异传说类的书呢。”

“这本书讲的是什么？”

“用最简单的话来概括，那是有关基因和模因的研究。”

“模因？”

“基因是通过繁殖将自己复制并传给后代的，根据这基本的生物学知识，这本书提出了一个新的定义——模因，模因是通过交流将自己复制并传给后人。”

通过交流？基因是父母传给子女的，这个我多少明白一些，但模因这个词我听都没听说过。

“具体来说，就是宗教、文化、语言及伦理等事物。比如圣诞老人，他虽然并不是真实存在的，但在人与人之间的对话和媒体的报道中传播、繁殖，像生命一样，在地球上的任何地点都能够被人看到。也就是说，圣诞老人与基因无关，他是根据模因繁殖的生命体。我们之所以能自然地在日常生活中看到上千年前的宗教与文化，正是因为信息这种东西本身就跟基因一样，拥有自我复制能力与增殖能力。这就是模因理论，而《The Selfish Gene》就是这一理论的开拓者。”

我点点头：“我好像有点明白了，等有时间的时候还请您再详细地给我讲讲。”

绫辻侦探冷冰冰地看着我：“辻村，你觉得我为什么能够解开暗号？这是因为我的大脑里储存着一般人听过也丝毫不往心里去的书号知识，而这种细节就是你和我之间的差距。这可是基础书籍，而且有日语版，你为什么不自己去看？”

“咕……”我无言以对。

绫辻侦探瞪了我一会儿，然后说：“你那声‘咕’是什么意思？”

“没什么，其实我本来连‘咕’都‘咕’不出来的，但是不发出点声音总觉得很不甘心。”

“原来如此。”绫辻侦探道，“我还以为你昨天晚上吃的田鸡在你肚子里被压扁了。”

这时，绫辻侦探刚才通过的那扇门又打开了。

“这里就是集合地点吗？”

门口出现了一个穿西装的男人。

“飞鸟井侦查员。”我冲那人叫了一声，“劳驾您跑这一趟了。”

穿着西装戴着帽子的男人——飞鸟井侦查员挥了挥手，向我们走了过来。他有一副健壮的身躯，动作十分沉着，没有丝毫破绽。他的两只手都戴了黑色的皮手套。

“辻村，不好意思我来晚了。我上周休假的时候去了京都，就把那里的特产酱菜当作赔礼吧。”

“啊……”

飞鸟井先生动作极为流畅地从西装内侧口袋里掏出一袋酱菜，然后递给了我。我下意识地接了过来。酱菜被装在真空袋子里，连外包装都没有，就这么孤零零地躺在我的手上。

“绫辻侦探，好久不见了。”

“是你啊。”

飞鸟井侦查员冲绫辻侦探鞠了一躬，然后又十分自然地掏出酱菜递了过去：“这是送给侦探的。”

绫辻侦探叼着烟管一动不动，完全没有接过去的意思。

“我已经习惯你对谜题的热忱了，但我对腌制品并没有好感。”

“哎呀，是这样啊……”

“嗯。不过……一年零五个月前你送我的酱黄瓜，还算不错。”

飞鸟井侦查员又鞠了一躬，依然没有任何多余的动作，利落地从西装里掏出另一袋酱菜递了过去：“给您。”

“你带着啊？”

绫辻侦探不太情愿地收下了第二次送到自己面前的酱菜。

他那个口袋怎么能装下那么多东西？

“辻村，我刚才没问你就直接拿出来了，你有喜欢的酱菜吗？”

飞鸟井先生将手插在内侧口袋里向我走来，我连忙摇摇手说：

“没有没有。”

“哦——原来辻村说的情报提供者，就是这个酱菜狂啊。”

“是的。”我点点头，“飞鸟井先生是军警的特殊高级侦查员，长年追查与京极有关的案件。可以说与京极有关的搜查情报几乎全部要通过飞鸟井先生。”

军警的特殊高级侦查员，是在最前线与犯罪分子战斗的刑侦专家。与隐瞒真实身份暗中行动的异能特务科这种秘密组织不同，他们总是在刑侦的最前线指挥全局，不分地区地追踪残暴的犯罪分子。如果没有高度坚韧的身心，绝对担不了这种重责。

“飞鸟井先生，百忙之中麻烦您过来真是不好意思。我们有几个问题想请教您。”

“既然你们会叫我过来，那肯定与那件事有关吧？”

飞鸟井先生抱着粗壮的胳膊沉声道。

“我已经听说了，绫辻侦探。那家伙又重现江湖了……真是奇怪。我记得两个月前，他明明在那个瀑布被您杀掉了。”

“嗯，我是杀了他，但光是杀了他看来还不够。”绫辻侦探吸着烟管静静地说。

“关于那件事，”我道，“飞鸟井先生，能请您详细告诉我们，在那之后瀑布的搜查情况吗？”

“你想问那家伙当时的情况？当然可以。”

飞鸟井侦查员说着，眯起了眼睛。

“我直接说结果了，我们并没有找到他的尸体，可是大家都认为他必死无疑。”

说完，他瞥了我们一眼，像是在观察我们的反应。

“没有找到……尸体？”

“嗯。”飞鸟井先生掏出一盒烟，看着绫辻侦探，“能吸吗？”

绫辻侦探闭上眼睛，用不仔细看就看不出来的幅度点了点头。见他点头，飞鸟井先生便点了一根香烟。

然后他详细地解释起来：

“因为那起案件——在偏僻的博物馆发生的十二名男女死亡的案件，我们在傍晚时分接到了特务科的联系。那头说你们发现了幕后真凶，并且将他逼入了绝境，因此希望我们能协助进行包围和逮捕。我们根据情报，迅速包围了那座瀑布。而就在那之后不久，我们便得知了幕后真凶——京极从瀑布上跳下去的事。”

我点点头，我也还记得那时候的事。

一切的开端要追溯到那座偏僻的博物馆里发生的惨剧——被关在那座博物馆里的十二名男女，展开了一场令人毛骨悚然的互相残杀。这十二个人得到了一个假情报，说他们之中有残暴的杀人狂与溃眼魔。假情报一来，所有人都变得疑神疑鬼，最终微不足道的争执演变成了相互厮杀。博物馆的监控录像清晰地记录了所有人手里拿着菜刀和火钩子互相厮杀的凄惨场面。而最后剩下来的那个人，也不知道被谁活活打死了。

绫辻侦探看穿了真相，指出设计这一系列惨剧并在背后煽动大家互相厮杀的人，就是京极。

绫辻侦探将京极逼得走投无路，二人在瀑布之上展开了正面对决。心知败北的京极自己跳入了瀑布——我是这样听说的。

“听说他跳下瀑布的时候，我第一反应就是他有可能借此逃掉。”飞鸟井侦查员道。他盯着香烟燃烧的部分，“就算听说他从全世界最高的大楼楼顶跳下去了，我也无法放心；就算听说他跳进了熊熊燃烧的野火中，也不能放松警惕。毕竟他是京极。我命令部下将瀑布周围完全封锁，不能放过任何山路或密洞，死死围住四周，然后再以瀑布为中心缩小包围圈。”

我稍后也赶到了现场，所以清楚当时的事。

绝对没有人能突破那样的包围。而且特务科的追踪小组也出动了。就算对方有飞天遁地的异能，惯于对付这种异能者的特务科也不可能让他钻到空子。而且我们已经弄清楚了京极的异能，那并不能物理干涉外界。我们也没有查到周围有他的同伙，所以他没道理忽然从瀑布上消失。

听我说到这里，飞鸟井先生点点头，附和了一声。

“由于工作的缘故，我对异能犯罪也略知一二。在那种情况下，京极的异能几乎没有用武之地。京极所操纵的‘附体邪魔’应该不会给外界造成物理性的影响。”飞鸟井先生看了一眼绫辻侦探，“对吧，侦探？”

绫辻侦探仅用视线表示了肯定。

“那座瀑布非常危险。要是我，就算有什么秘密对策，也绝对不会一时兴起想‘跳下去试试’。”飞鸟井侦查员将香烟按在便携式烟灰缸中，“单从高度来说就很可怕了，何况水流湍急，一个老人光凭游泳不可能逃得出去。我自己亲身尝试了一下，差点没淹死我。”

“那么……有没有可能瀑布内部藏有洞窟或暗道呢？”

听到我的问题，飞鸟井先生笑着回答：

“这个我们也调查过了，还找了水里是否有暗道，但是什么都没有找到。在那之后我们展开了大规模的搜山，就为了找他的尸体。我们还从瀑布上面往下扔用做撞击测试的人体模型，结果模型摔得粉碎。”飞鸟井先生又点了一根烟，然后看向绫辻侦探，“侦探，您不清楚吗？那家伙是怎么活着逃出我们包围网的？”

“不清楚。”绫辻侦探十分冷淡。

我也抱起胳膊思考起来。

怪人京极使用的惊人戏法，从绝对不可能逃脱的深潭中活着逃脱……

“那个，我能说句话吗？”我小声说道，“其实，京极从那座瀑布消失这件事并没有让我太过吃惊。”

飞鸟井先生看着我说：“是吗？难道你知道他是如何从瀑布上逃出去的？”

“不……我并不知道。”要是知道就好了，“我说的不是这个，而是说，他肯定事先就想好了要如何从被包围的瀑布上消失。与之前他留下的那些毫无证据的完美犯罪相比，从深潭中消失并不是那么让人惊讶的事。”

他没有留下任何证据，就让十二人互相残杀；将大公司的董事长改造成杀戮职员的疯子；让好几个著名的无差别杀人犯同一时间从拘留所越狱。

“妖术师”“邪魔师”“傀儡师”——拥有无数诡异绰号的男人，可谓社会公敌。

“只有一点让我感到吃惊，”说着，我悄悄瞥了一眼绫辻侦探，“他在绫辻侦探的异能攻击下，居然活了下来——只有这一点，让我觉得他不同寻常。”

飞鸟井侦查员露出了复杂的表情，绫辻侦探则看了我一眼。

那是一种能让凶手死于非命的异能力，是绝对不容逃脱的命运支配。

他的对手可是特一级危险异能者。

借用绫辻侦探的话，异能是一种系统，是束缚世界真理的绝对理论，任何人都无法逃离它的规则。

如果想逃离这条规则，只能用其他相矛盾的异能与其对抗，产生特异点——

“特异点。”我灵光一闪，“异能的特异点？所以他才打破了绫辻侦探的异能？可是……“

“什么是特异点？”飞鸟井先生不解地问。

“咦？”我的心脏剧烈地一跳，“我……有说过这个词吗？”

我歪着头硬扯出微笑的表情。

异能力的特异点——这是特务科暗中研究的异能现象之一。

我的脑海里浮现出特务科前辈曾经对我说过的话。

“多个异能力相互干涉，有极低的概率会使能力朝预料之外的方向失控，这一现象似乎已经确认了。”前辈说，“比如说两个拥有‘必能先发制人’异能的人对战的话，会出现什么结果？‘必能欺骗对方’的异能者与‘必能看穿真相’的异能者对话呢？答案是‘只有尝试过才知道’。大部分都是某一方的异能获胜。但是有极小的概率，会产生双方都不胜利的结果，特务科管这叫‘特异点’。”

我并没有亲眼见过特异点，听说在特务科里也没有人见过。

但是，要想回避绫辻侦探的异能——“必死”，可能只有这种异常现象才办得到。

当然，我完全想象不到有什么异能会与“必死”异能相矛盾并发生冲突。听说横滨的某个民间侦探社有一个非比寻常的异能者，他拥有‘能让对方的异能无效’的异能力，可就算是那个人，也无法让京极避免死于非命，不能与绫辻侦探的异能力发生冲突。

我为了寻求提示，若无其事地悄悄观察绫辻侦探的样子。侦探没有给我任何暗示，只是沉默地注视着远方，仿佛他的心根本不在这里，完全没把我们的讨论听进去。

“中了绫辻侦探的异能还没有死，这的确很不可思议。”飞鸟井先生说，“残杀囹圄岛十七名居民的案件我还记着呢。当时我为了侦查也去过现场。侦探瞬间就让十七个凶手同时死于非命——那幅恐怖的场景，我现在还历历在目啊。”

残杀囹圄岛十七人——那是五年前发生的案件。在绫辻侦探中途落脚的小岛上碰巧发生了杀人案，侦探便将案件解决了。结果，联手作案的十七名岛民全部因绫辻侦探的异能死亡，死状还十分凄惨。因异能死亡的人数远远超过了杀人案本身的被害人数，绫辻侦探从此被政府盯上，这也是侦探被认定为特一级危险异能者的契机。

那起案件与我也有些许关系。

“过去是过去。”绫辻侦探说，他用手指敲了敲烟管，“无论如何，那家伙近期一定会有所行动，那个时候要怎么做才是关键。飞鸟井。”

“在。”

“这件事你不要管了。”绫辻侦探极其自然地说，“剩下的事不适合你这样的普通人，就交给我和异能特务科吧。”

“普通人？”飞鸟井先生一挑眉，“您是说……我吗？”

“我从来只说事实。”绫辻侦探用锐利的目光看着飞鸟井先生，

“你是一名优秀的侦查员。遵纪守法，从不违背正义，勇往直前。而那家伙接下来的目标正是你这种人：被规则束缚，很容易让人看穿，甚至连自己被操纵的自觉都没有。如果那家伙对你使用‘附体邪魔’，你有自信能保持自我吗？”

“我有。”飞鸟井先生目光坚定地与绫辻侦探对视，“否则我就不会从事这份工作了。”

“即便那个男人的异能已经逼死了近百人？”

“绫辻侦探，”飞鸟井先生向前踏出一步，“您应该清楚，我为什么会一直追查那家伙。他杀了我的搭档，用残忍的手法把她撕成了碎片，这是事实。”

“……”

我记得飞鸟井先生的搭档是一个叫由伊的人，与飞鸟井先生一样是特殊高级侦查员，在追查京极的途中丧了命。虽然大家推测凶手是京极，但依然没有找到任何证据。

“我是很尊敬您的，绫辻侦探。”飞鸟井先生绷紧了下巴，用咄咄逼人的语气说，“我不管您是危险异能者还是什么，至少您的能力‘必能杀死凶手’非常出色。虽然您说我是个遵纪守法的人，但我其实并不是。我不想逮捕京极，一旦让我找到他，我会亲手杀了他。”

说完，飞鸟井先生吸了一口气，停下，然后又补充道：

“在您之前。”

绫辻侦探一言不发地听着。他吸了一口烟管，将烟吐出来之后道：“好吧。”

就在这时——

走廊上响起了“喀啷喀啷”的冰冷金属声。

我循着声音将视线投向地板，立刻便找到了声音的来源。

那是一个圆筒状的金属，银白色，罐装咖啡大小。圆筒的一端呈球状，看上去就像一颗巨大的子弹。我总觉得这个形状很眼熟。是什么呢？

这个念头刚冒出来，地上的罐子里就猛地喷出灰白色的烟。

“是烟幕弹！”

飞鸟井先生发出了高度警惕的猛禽般的声音。

他的声音就像一个信号，黑暗的走廊深处顿时爆发出光与声。

那是枪火与枪声。

我们遭到了枪击。

当我明白过来的时候，已经失去了对时间的感知。

一股寒气裹住了我。

“走这边，快点！”

子弹从我的耳边擦过，撕裂空气的声音吞没了飞鸟井侦查员的叫声。

我的身体好像夹在他们两个人中间一般，跟着他们的奔跑移动起来。我的眼中只能看到物体高速飞过的残影：烟雾、子弹、旋转的地板与墙壁。天花板和墙壁被飞来的子弹击碎。敌人的距离似乎很远，子弹的准确率很低。但是在无处可逃的走廊里遭遇袭击让我产生了本能的恐惧，大脑一片空白，完全想不出应该采取什么行动。

数人扣动步枪发出的“哒哒哒哒哒哒”的声音在室内回响。我虽然想跑，脚却不听使唤。

敌袭。枪击。必须逃。不，必须反击。

“蠢货，你在做什么？”

有人用力地拽我的手，声音低沉又清晰。我的大脑还没有意识到这是谁的声音，身体已经反应过来了。我像装了弹簧一样奔跑起来，跑向内部的门。

当我一把拉开铁门的时候，走廊里已经基本被白烟覆盖了。子弹击在被我狠狠甩上的门上，发出刺耳的声音。

我们逃进了一间小屋子。

这里可能是备用品仓库。在房间高处有一扇勉强能供一人通过的窗户，昏暗的光从窗口射进来，照亮了一屋子的灰尘。

除了我们进来的那扇门，这里没有别的出口。我们无路可走了。

但也不能坐以待毙。我探出身子想看看那唯一一扇窗能不能用来逃跑，却被绫辻侦探伸手制止了。

“别去。”绫辻侦探的声音比平时小了一些，“外面也被包围了。”

侦探说的没错。窗外传来的声音虽然很微弱，但的确是脚步声。而且不止一两人。既重又硬的鞋子踩着碎石，一点一点向我们逼近。

这么说，建筑的出入口很有可能全部被控制住了。

我拼命压抑自己因奔跑而变得急促的呼吸声，说:“这究竟……是怎么……”

“不是非法组织或Mafia，”飞鸟井先生压着声音说，“步枪的声音不对。可如果不是他们，又会是谁——”

飞鸟井先生的声音突然中断了，他按着自己的侧腹，从咬紧的牙关中漏出仿佛咬碎岩石般的痛苦呻吟。

“飞鸟井先生，您的侧腹……”

“没看上去严重，子弹打中骨头穿过去了。”可飞鸟井先生的反应与这番话相反，他的额头不断冒出豆大的汗滴。黑红色的血从他肋骨附近的伤口中渗出，染红了他的西装。

“总之，我们得尽快逃出去……如果对方往这么狭窄的屋子里扔一枚手榴弹，我们就完蛋了。”

“哼，他居然选了这么无聊的手段，想把我逼入绝境。用枪袭击……真是太没有品位了，我应该稍稍教训教训他们。”

尽管我们身处现在的境地，绫辻侦探的眼睛还是盯着虚无的远方，仿佛他的宿敌京极就在那个方向。

侦探闭上眼睛思索了几秒钟，然后睁开眼看向我。

“我有一个主意。”

我举着枪，蹲在门边。

手心的汗让枪把变得很滑。一想到没准汗会流进眼睛，挡住视线，我就忍不住不停地用袖子擦掉额头上的汗。

枪火已经暂停，但是第二波攻击应该很快就会开始，而且会比刚才的攻击更加凌厉。我们必须在此之前逃出这个房间。

而能做到这一点的，只有我。

没问题的，我在训练学校的实用技巧成绩是第一，而且我把挥着训练警棍的教官打晕过去也不是一次两次了。

然而，训练中从来没有真正的子弹，对手的武器和能力我都很清楚，最重要的是，教官对我们并没有杀意。不管是打倒还是被打倒，之后大家都能愉快地互相开玩笑。但是这次，一旦被打倒就全完了。

我真的能做到吗？

外面的敌人可能在使用电波干扰，我的手机没有信号。也就是说，只要移动到有信号的地方，我就能联系特务科总部。这样就没有必要消灭所有的敌人了。

“敌人的数目应该比我们想象的要少得多。”刚才我们讨论了一下，绫辻侦探在地板的灰尘上画出了简单的地图。

“因为他们一开始就把我们逼到了这里。这个屋子有两个出入口，一个是我们进来的门，还有一个就是那边的小窗。”侦探在地图上画了出入口，“当火力与人员不足的时候，猎人要如何获得猎物？很简单，只要吓唬猎物，将其逼入死胡同，然后再向里面放火就行了。”

侦探在图上画下记号。用烟雾与枪火堵住大入口，就是我们进来的那扇门，再用手榴弹或催泪弹控制另一个小窗口。原来如此，这样一来，狩猎那方的损失与火力的确可以减到最小。

也就是说，敌人如此设计，正说明他们人数很少，要用数量压制我们完全不够。“那么……反过来说，冒烟的这边是防守最薄弱的了？”按着腿坐在那里的飞鸟井先生问。

“对。他们将走廊堵死是想给我们造成心理上的防壁。在长长的走廊里，烟雾会阻挡视线，不过也因为这样，他们只安排了两个人。我在逃跑的时候已经数过枪火的数量了。”

我和飞鸟井侦查员在逃跑的时候都已经竭尽全力了，他居然还有空观察枪火的数量……

“敌人一共有多少？”

“不清楚，现在想这个也没用。不过不管敌人是谁，在背后操纵他们的那个人都一目了然。”

这是京极的第一波策略。

“那么，袭击者是被京极的异能操纵了？”

“不是。那家伙的异能‘天降邪魔’，是让邪魔自目标上空降落，附在目标身上，使其精神失常的一种异能。但是邪魔只有目标本人才能看到，间接使目标产生邪恶的感情与错乱。像这次这种有组织的作战行动，他是没有指挥能力的。对他来说，异能只是一种辅助，真正让他化身邪恶的，完全是因为他拥有恶魔般的头脑。”

听绫辻侦探这么一说，我也想起了特务科的资料。

京极的异能与绫辻侦探的相比，等级要低得多。它既不能物理性地攻击目标，也不能自如地使唤目标。他操纵的附体邪魔——只是用妖魔鬼怪之类的东西附在目标身上，使其产生幻觉，仅此而已。

但如果是这样，我还有一个疑问。

他究竟是如何设计这场袭击的？

我回想着绫辻侦探的话，握紧了刚从枪套中拔出来的手枪。

“看准时机，飞鸟井用手枪从窗子射击，威慑敌人。我们以此为信号跳出去。”绫辻侦探靠着墙说，“不成功便成仁，但我希望尽量能成功。辻村。”

“好。”

“没有必要留活口去问出幕后黑手，一旦察觉到危机就解决他们，不要犹豫。”

“是……”

解决他们……我明白，除此之外我别无选择。当对方用枪口指着我们的时候，我就没有踌躇的余地了。只能解决他们。可是我还从未在实战中杀过任何人。

“辻村，那部电影的经典台词是什么来着？”

突如其来的疑问让我瞬间愣住了，但我很快就想了起来。

——你最大的失败就是与我生在了同一个时代。

“绫辻侦探，”我瞪了侦探一眼，“您真的很讨厌。”

不过，多亏了这句话，我的身体终于不再僵硬。

如果是那部电影的女主角，她一定不会害怕这种场面。也就是说，我也不会害怕。

“我上了。”

我与飞鸟井侦查员对视一眼，然后将手伸向了门。

我同时打开了手枪的保险。

当窗口响起枪声时，我冲出了房间。

门外弥漫着浓浓的白烟，什么都看不见。

现在连一米外的东西都无法看清，但对我来说，这种情况更加有利。

我迅速跑起来，不过没有发出任何脚步声，因为我事先脱掉了鞋子。

绫辻侦探说对了，在这片白烟下，敌人也看不清我们。只要我赤脚轻轻地接近他们，我就是奇袭的一方。

我压低身体，保持可以随时射击的姿势继续向前跑。

必须在白烟消失之前一决胜负。

在白烟稍淡处，我看到了一双穿着黑靴子的脚。

敌我双方都没有丝毫准备时间，便进入了贴身战。

我的余光看到吃惊的敌人举起了步枪。

我借势向前一滑，从对方的双腿之间钻了过去，然后绕到他的背后来了一记扫堂腿。

敌人在倒地的同时还想用枪口瞄准我，我用脚尖踢飞了他的枪，接着一脚踩住他的手腕，并把自己的手枪指向他。

这时，我才仔细看清对方的样子。敌人穿着防弹衣，戴着防毒面具，右眼上戴着小型照相机，枪上用的是点式瞄准镜。

一种不祥的预感席卷而来。

我用手枪顶着对方的头叫道：“说出你的组织与作战目标！”

对方没有回答，我冲地板开了一枪，又吼了一次：“组织与作战目标！”

“市警的……反恐特种部队……”防毒面具内响起含糊不清的声音，“我们接到消息，有一名杀人犯杀掉了刑警并冒充他，抓住市民充当人质，躲在这里……所以我们才冲了进来……”

怎么回事？

与我们战斗的并不是坏人，而是警方的特种部队。

我觉得自己好像听到了京极高亢的笑声。

“可恶！”我举着手枪大吼，“没人冒充！我们是政府的人！那家伙放出假消息想让我们自相残——”

我的话还没有说完，另一名特种部队的队员就从旁边一拳打了过来。

我偏身躲开了，枪托从我的鼻尖擦过。我顺势用手撑住地板，利用背肌的力量跳了起来。

对方的拳头也在这时到了，这可是接受过训练并且全副武装的特种兵，如果我吃了这一记拳头，肯定骨头都会被打碎。

我将身体向右大幅度地一扭，躲过了他的拳头，然后一把抓住他的手肘，将他拉向我，我的目标是他的喉咙。

没有防护的喉咙被我的手肘狠狠击中，特种兵痛哼一声。我把胳膊伸得更长，用手枪的枪托攻击他的太阳穴。

但我突然失去了平衡——刚才倒下的特种兵抓住了我的脚踝。

他可能是想阻止我们交战，但选的时机太糟糕了。

我后仰着倒了下去，一个枪口冲入我的视野。被我攻击了太阳穴的特种兵正举着步枪。

我在倒下的同时举起手枪。只能射击他们的防弹衣让他们停下来了。可是这个姿势实在太不利了，根本没工夫瞄准自己想射击的地方。

时间就像一格格的胶片一样，被拉得很长。

我倒地，视野旋转。敌人举枪，手指就要扣下扳机。

我的手枪转向了敌人的脸。

我的后背撞在地板上。我与敌人互相用枪指着对方。

这时，我的脚下突然渗出了黑色的怪物。

漆黑得仿佛影子一般的角兽挥舞着手里的黑镰，刺穿了特种兵的胸口。

鲜血从他的胸膛喷洒而出，他随即倒在了地上。

黑色的角兽发出刺耳的声音，又回到了我的影子里，然后便融入影中消失了。

怎么回事？

我的异能居然在这种时候觉醒了。

朱鹭啼鸣。

无明深渊，虚无之处。在非空间的空间中，在非时间的时间里，京极醒了过来。

虽然醒了却又不太清醒，虽然已有意识却又没有意识。泡沫般的思维好不容易勾勒出京极的轮廓。

朱鹭啼鸣，野兽嘶吼。

京极活动了一下身体，不，他没有动。

他的动作并不是动作，因为这里是不存在的地方。

京极在明知自己并没有思考的同时思考着。没有大脑的思考，没有思考的自省。“我思，却不在。”他一边因这矛盾的谬论苦笑，一边起身。

这里仿佛是在胎内。

又暗，又吵，无法明确区分现在与刚才，就连自己的内外也很模糊。

或者说，模糊昏暗的其实是自己的思考本身?

异能者京极曾经在世上拥有无数张面孔。有时是居住在乡下茅舍里的古怪老人，有时是博学多识的慈祥老者，有时是风土研究家，有时甚至还是政府请来破解谜题的专家。

然而现在，京极最为中意的面孔只有一张——

妖术师。

草菅人命，嘲笑人心，用异能与谋术将世人玩弄于股掌之间的老奸巨猾的恶人。

顶着邪恶的名号被国家组织追踪，的确有些麻烦，毕竟对手实在太过强大。残酷的恶人最终总要受到正义的制裁，这是社会的定理。正如人体的免疫系统排除有害物质一样，社会也要排除罪恶。所以一般来说，比起杀人后被冠以邪恶的名号，还是成为难以捉摸的怪人安稳地生活比较轻松，代价也不大。

然而，他没有这样做，而是走进了罪恶的深渊。

京极想，不可作恶或许是天理，但那是因为会受到惩罚才不可作恶吗？是因为会被外人厌恶才不可作恶吗？是因为会被法律制裁，判以刑罚才不可作恶吗？

不，顺序反过来了。

因为不可作恶，所以才会受到惩罚。

那么又为什么不可作恶呢？

这个答案京极也很清楚。因为恶，从本质上讲，是最容易取得利益的方法。

恶，就是从他人那里掠夺。

盗窃他人物品，利用地位收取贿赂，杀掉碍事的人——恶的本质不是自己创造，而是从他人那里掠夺。

比如说，要是聚集一百个认为“从他人那里掠夺是最行之有效的办法”的人，组建一个村庄，最终会变成什么样？

这个问题想都不用想——那个村庄肯定会在半个月之内灭亡。

没有人耕种，没有人立家，所有人都盯着别人的成果，试图轻而易举地获得利益。这样的村庄不可能发展，也不可能进步，只会在暴力的支配下变成人间地狱。

所以罪恶才是社会的公敌。社会之所以禁止杀人，并不是因为这种行为很可怕，而是因为一旦杀人变成常态，那么在这种系统下的自卫与警戒的成本就要增加，最终会导致系统本身毁灭。

无论刑罚还是伦理，其实都是为了减少维持社会的成本，这才是它们最合理的作用。

也就是说，恶即利己，认为自己的利益高于一切集团。这样的人必须被排挤出社会，必须要受到“自私者会被严厉处罚”的警告。

然而利己也是人类再正常不过的本能。

保护自己，保护自己所爱的事物。只要能保护这些，无论其他人死了多少都无关紧要。这就是人类。

铲除罪恶，岂不就是在铲除人性?

京极动了动，轻咳一声。

那么，自己是恶人吗?

京极想，自己是利己主义者吗? 比起为他人着想，他更关心自己吗?

不，他从来没有这样做过。无论任何时候，他都把自己放在第二位、第三位。虽然他有最低限度的防卫本能，但从来没有想过要掠夺他人的利益。曾经有人指责他是支配他人、玩弄他人的反社会人格，可他们都错了。

因为他一直都是利他主义者。

说起来，他从来没有为了自己的利益杀过人。京极身边发生的死亡，全都是他人杀害他人的事件。虽然他的周围充满了罪恶，但他本人仿佛身处台风中心一般，保持着清廉之心。

京极只有在自己的生命受到威胁的时候，才会变成一个利己主义者。

他回想起了人生第一次最为自私的时刻。

那时京极还是胎儿。

他清楚地记得那种黑暗与温暖，狭窄与柔软。

从那个时候起，京极的头脑就已经超出了常人的领域。

他一直被关在窄小的房间里。胎内没有出口，没有光，也没有线索能让他知道那是哪里。母胎里的心跳声震耳欲聋。这只让他感到恐惧，因为他被关在这么一个不知何处的地方。就算他想呼喊，想挣扎，幼小脆弱的身体却办不到。这里没有空气，因此也发不出声音。他被关着，无法逃脱。

而盼了好久终于等到的诞生，也并非他的救赎。

他还记得分娩时席卷全身的惊人痛苦——自己的身体扭曲到难以置信的程度，从一个狭窄的门中被挤出。然后他便来到了另一个地方，大量的光与信息如同潮水一般涌来，感到莫名其妙的京极号啕大哭。刚来到外面，他就明白了当初那个又暗又窄的监狱是多么舒适的摇篮。

然而他很快就知道自己再也回不去那里了，他今后只能活在这个冰冷的世界中。

他还没有张开眼睛，却能感受到光亮，也知道周围还有一些别的东西。那是一群俯视自己的巨人，一群缠着布料、还会移动的巨大生物。尽管局势严重脱离掌控，可京极的头脑却很冷静，他明白了那些巨人是自己的同类。他已经理解，自己诞生在这个世界上，并且必须在这片光之潮水中生存下去。

巨人们十分高大，看上去就很强。他瞬间便明白，就算自己与他们作对也绝对赢不了。他必须保护自己，不受巨人们压倒性暴力与威胁的侵害。

这就是京极第一次，也是最大的一次自私。

而不久之后他又明白了一件事——那些巨人其实也很脆弱，他们也只是害怕压倒性暴力与威胁的可悲的个人。因为在巨人们——也就是人类之上，还有更加强大的上层建筑。

体系，便是掌管脆弱巨人的隐形支配者。

社会、集团、组织。小到家族、企业、自治团体，大到国家。他们支配、包围，有时还要摧毁名为“个人”的肉块。生活在世界上的所有个人都是体系的奴隶，并且时刻被迫为体系做出奉献，成为利他主义者。自私自利，换言之，正当地发挥原本的人性，就是背叛体系。而背叛体系就会被流放、惩罚……最后甚至会以死刑的名目被完全抹杀。

这里有一个明显的矛盾。

京极认为，**可以利用这个矛盾**。

京极想，何为善？何为恶？

京极不断地思考、思考、思考……最后他得出了一个结论。

京极起身，微笑。

笑容如泥般扭曲。

“那么，就让我们拉开下一场游戏的帷幕吧——”

京极用布满皱纹的手指拈起棋子，落在下一个“仪式”上——

第四幕 司法省主楼

清晨
晴朗

不管我怎么想，今天都会是我人生中最糟糕的一天。

我揉了揉浮肿的眼睛，驾驶阿斯顿·马丁来到了司法省主楼。清晨的阳光仿佛刺穿了我的大脑，我感觉脑仁一阵剧痛。

昨天我基本没睡。

我的全身像是灌了铅似的沉重不堪，其中还夹杂着迟来的肌肉酸痛。我在突破包围的战斗中太勉强自己了。

那一场战斗……枪击、格斗，还有异能。

我叹了一口气。

“你来晚了，辻村。睡懒觉的感觉好吗？”

我一抬头就看到站在入口前的绫辻侦探，他大概是被狙击监视部队带过来的。

“怎么可能好？而且我根本就没睡着。”

“我看出来了，你的脸色真难看。如果你下次再不按时出现……我就让你的脸色变得更难看。”

今天的我甚至没有力气应付绫辻侦探的冷言冷语，只能耷拉着脑袋回瞪了他一眼。

“好了，进去吧。让政府公务员等太久，他们就会变得跟小鬼一样难缠了。快点。”

我跟绫辻侦探并肩走进司法省主楼。

司法省主楼很新，奶白色的地板一尘不染，清晰地映照出人影。天花板不是一般的高，大厅宽敞得估计能打棒球比赛。来来往往的人穿着都很考究，硬挺的西装像是刚定做好的。我猜，他们的工作内容里肯定有一项要求他们把自己打扮得潇潇洒洒的，潇洒地在走廊上行走。

我和他们截然不同。

上头是为了追究我的责任才把我叫来这里的。

昨天，在我们遭遇的包围战——与市警反恐特种部队的战斗中，我用我的异能把对方刺成了重伤。伤者的肺部被刺穿了，现在还昏迷不醒，在鬼门关徘徊。

这就是我被叫来的原因。

展开枪击战是出于无奈，使用格斗术、试图射击对方也能用正当防卫来解释。但是异能特务科的成员使用异能伤害市警这种公职人员，并且差点把人杀死，这可不是随便解释两句就能完事的。

毕竟，这其中还牵涉到政治因素。

异能特务科是不能公开活动的秘密组织，有自己的特权，既可以处理异能这种难以公之于众的现象，也可以使用异能。如果这样的组织失控了会怎么样？如果他们与政府作对会怎么样？很多政府的高层领导对此都表示极为担心，而且至今还有很多人在锲而不舍地向我们施加政治压力，想击垮特务科的特权地位。

我现在所在的司法省里，也有这样的人。

所以我们才被叫来了这里。

“约好的时间是几点？”绫辻侦探问。

“马上就到了。”我看着手表回答。

我站在大厅一隅，等对方出现。

我本来想默默地等待，嘴却不由自主地张开了：“唉，真是烦人……我明明只是认真工作，为什么会变成这样？”

“是啊。”绫辻侦探直视前方，“我们被京极陷害，和特种部队大打出手，最后还把保护市民的正义士兵打成了昏迷不醒的重伤。这场惨剧完全是由我们考虑不周以及你那不成熟的异能造成的。不过，既然你已经认真工作了，怎么还要被责备呢？真是太不讲理了。”

“侦探，”我瞪了绫辻侦探一眼，“您就不能换个好听的说法吗？”

“你想听什么样的？想让我说‘毕竟你还是个新人，别往心里去，下次注意就好了’？”绫辻侦探的表情非常冷酷，“如果你是市警文员，我倒可以这么说，不过人命是没有‘下次’的。”

我哑口无言。侦探说的没错。

秘密机构异能特务科的特工几乎全是异能者，就连政府之中也没有由这么多异能者构成的组织。我是其中一员，拥有只有我自己才能使用的异能力。

只不过我的异能到底是否有用、强大，就很难说清楚了。

因为我的异能，不受我控制。

我的异能住在我的影子里。它基本没有固定的形状，更像是影子本身自动变化而形成的异能生命体，我自己也对它知之甚少。唯一知道的，就是它似乎是一只野兽，长着山羊角，用双腿直立行走，还会使用黑色镰刀模样的武器攻击目标。其他的我就什么都不知道了，即使仔细观察也看不清它的样子，更别提弄清它脑子里在想什么了。

我管它叫“影仔”。

它现在也藏在我的影子里，正想着什么。

我不知道它会何时现身，会攻击谁，甚至不知道它是敌是友。

有时走在路上，我能感觉到它在我的影子里盯着我，这让我脊背生寒。

一个潜伏在我体内的怪物。

悄无声息地隐藏在阴暗处的异常之物。

“侦探，”我用喑哑的声音说，“您有没有想过，要是自己没有异能就好了？”

“这个问题问得还挺有大人样的。”绫辻侦探说，“我可以回答你，但我觉得像你这样不成熟的人，未必能听懂我的回答。要提出这么高级的问题，你还需要再烦恼十年。你那个异能觉醒几年了？”

我不用掰着手指头数就能说出那个数字。

“五年了。”

“人类在什么时候，会因为什么而得到异能，这个问题目前还很难解释，不过大部分都是有某种契机的。而你的契机就是五年前，在囹圄岛发生的连续杀人案中，你的母亲去世了。遇上那种事，会觉醒一两个异能并不稀奇，不管你希望还是不希望。”

五年前发生了一起囹圄岛连续杀人案，去岛上旅游的游客接二连三地失踪，原因不明。

我的母亲在那次案件中去世了，从那之后，我便不得不与这既不稳定又不知原形的异能相处。

特务科的前辈对我的异能进行了分析，说它是“母亲的遗物”。不管是什么原因，我的异能的确是因为母亲才显现的，我也因此被招进了特务科。从这个意义上来讲，我能成为特工应该要感谢母亲。提及这一点，前辈便说“你就把它当成是令堂送你的礼物吧”。

可是……

我想到了当时影仔刺穿特种兵胸膛时，那漆黑又冰冷的模样。

那只是一种透明又纯粹的杀人意志，甚至谈不上是杀意。

这是……礼物？

我的母亲是一个不适合做母亲的人，想必我也是一个不合格的女儿吧。

在母亲去世前的几年，我从来没有和她面对面说过话。我把母亲当成不回家的外人，也知道在母亲心里，我是一个不讨喜的孩子。

我想母亲一定不喜欢我，对我也没有什么特别的感情吧。

“影仔”真的是母亲祝福我的证明吗？

“侦探，当初解决图圄岛连续杀人案的人就是您吧？那时候，我母亲是什么样的？”

“不清楚，不感兴趣的事我是不会去记的。”

我垂下了肩膀：“这样啊。”

“骗你的。我连细节都记得很清楚，但我记得的情报不是你想知道的。”

绫辻侦探像在回忆过去似的抬起头。

“说起来，你知道那起案件的详情吗？”绫辻侦探道，“整座小岛的人都参与了那起杀人案，他们悄悄杀掉游客，伪造被害人长期留在岛上的假象，然后以此为由不断索取钱财。如果我不解决案件，估计还会有人继续遇害吧。但即便我解决了，也并不代表我找出了所有凶手。”

我看向绫辻侦探，他的表情没有变化。

“与案件有关的岛民共有十七名，但身为主谋的第十八个人我至今都没有找到。那是一个谨慎又狡猾的男人。我只知道他是煽动岛民犯罪的主犯，还有就是目击证人所说的，他左手无名指的指尖缺了一块。除此之外，他的真名与长相全部不明。根据他在岛上使用的职业，警察一直叫他‘工程师’。”

绫辻侦探到岛上时，第十八名杀人犯已经不在岛上了，他是唯一逃脱了问罪的杀人犯。这个男人被认为与案件的联系最深。

侦探解决了那起连续杀人案，并且用异能力让参与犯罪的十七名岛民全部“死于非命”，因此政府将他视为眼中钉。

我们二人和囹圄岛的案件与“工程师”都可谓关系匪浅。

绫辻侦探斜着眼看了我一下。

“你进入特务科，成为我的负责人，是要为因那起案件丧命的母亲报仇吗？”

我沉默了。

身为一名母亲被害的少女，想要报仇的确是再正常不过的事。

但我不知道……我真的想报仇吗？是因为想报仇才担任了现在的职务吗？我多次扪心自问，都没有得出结论。

“总而言之，现在最重要的是京极。”绫辻侦探道，“那家伙应该也很熟悉犯罪者的情报网，说不定在侦查中能够找到‘工程师’

的下落。为此，我们要先处理眼前的问题。”

绫辻侦探用视线示意前方。

“看，地狱使者要来抓你去冥府了。”

我抬起头，只见一个人向我们这边走来。

“啊，绫辻行人侦探！久仰大名，久仰大名，能见到您真是我的荣幸！”走过来的西装男举止夸张地说。

他身穿深灰色的布里奥尼西装，从指甲到下巴上的汗毛都打理得十分干净。脸上并没有中年官员常见的那种严肃皱纹，颊边还带着酒窝。他那副完美又精干的外表散发出一个信息:官员重在外表、态度与声音，而不是内在。

这是司法省司法机关局的坂下副局长,一条盘踞在中央政权的蛇。

他身边还有一位穿着黑西装的不起眼的秘书，单手拿着文件，静悄悄地站在一边。

“哎呀，业内人士都众口一词地说绫辻侦探是‘国内最危险的异能者’之一……偷偷告诉您，其实我对您的实力评价可是非常高的。您的侦查力、观察力，最重要的是能让邪恶的犯罪者二话不说就被铲除的异能力，都非常高强。有机会的话，务必要让我听一听您过去解决的凶恶案件啊。”

坂下副局长笑容满面地握住绫辻侦探的手，用力晃了晃，像把某种看不见的能量经过手掌传给了绫辻侦探一样。在此期间，他连瞟都没有瞟我一眼。

“坂下副局长，感谢你特意来迎接我们。”绫辻侦探的表情没有变化,“你看过案件的报告了吗？”

“还没，只是听了个概要。”坂下副局长露出了阳光般灿烂的笑容，“方便的话，我希望能听绫辻侦探亲口说明一下，我们可以一边喝红茶，一边详谈。这边请。”

“请等一下。”我插了一句，“这次的事责任在我一个人身上，与绫辻侦探和特务科无关，报告上面也是这样写的。”

“哦？”坂下副局长挑眉看向我，那个表情好像他才发现我在这里一样。“小姑娘，责任在谁身上不是你能决定的，而是看上级的意思。谁决定规则，谁才有发言权。”

“规则？”

“没错。好吧，小姑娘，为了让你放心，我就实话实说吧。”坂下副局长摊开双手微笑道，“这次的案子不怪你，有问题的是规则，也就是组织制度本身。异能特务科是侵害国家健康的恶性肿瘤，他们把异能者藏起来，把异能犯罪藏起来，给人们灌输一个错误的思想——异能力对这个世界完全没有任何影响。然后他们就占据了特权地位，独揽了管理异能者的大权，简直就是娱乐电影里出现的那种邪恶的阴谋组织。”

“不！”我下意识地叫了一声。

“你想说我说错了吗？但只要人民大众知道了真相，他们可不会这样想。我会把异能特务科的特权地位从这个国家里除去，就像医生摘除恶性肿瘤那样。这就是我的工作。我要感谢你啊，是你给了我这个机会。”

坂下副局长冲我微微一笑，就像死刑执行者对一名犯人露出笑容一般阴冷。

内务省的异能特务科与司法省的司法机关局之间的关系其实十分恶劣，就像水与油，太阳与北风。这两个组织在政府内势不两立，过去就经常发生冲突，不断展开权力之争。

身为警察与检察系统上层的司法省掌管着审判与量刑，他们的宗旨向来是维护规则，希望异能力者能够像普通人一样得到公平的审判。

然而异能特务科的主张不同。异能力有着极为明显的个人之别，其性质也好，失控时的对策也好，每个人之间都有很大的差距。有的异能者不碰触对象就能使其移动，有的异能者能够读取人的思想，有的异能者拥有堪比光的速度——对待这些个性迥异的异能者，是不可能把他们框进同一个标准里的。

总而言之，对站在司法顶端的司法省来说，异能特务科擅自从他们的地盘中划出一块区域并为所欲为，就是他们的绊脚石。

其实也是……异能特务科的做法谈不上十全十美。为了管理异能者的活动，特务科不择手段。根据传闻，曾经他们甚至给横滨的犯罪组织发了异能开业许可证，允许他们有条件地开展活动。我也知道很多人都在嘲笑特务科，将只监视异能者却从不亲自制裁他们的特务科称为“看戏的”。

我们并不是毫无污点的正义之士。

这些我心里很清楚。

“就算您这么说，异能特务科也是有必要存在的。”我道，“您也明白吧，一般的警察别说是取缔异能犯罪了，连理解异能犯罪都成问题不是吗？所以才需要我们存在。希望您——”

“真可惜，我并不想询问你的意见。”坂下副局长打断了我的话，“你被叫到这里来，是因为我要得到打垮那群家伙的工具。在下次的审议会上，我会把你当成典型上报。绫辻侦探，到时候还请您帮我们一下。”

绫辻侦探耸耸肩，没有回答。

坂下副局长露出了仿佛在接受采访般的得体笑容，然后迈开了步子。

“话就说到这里吧，接下来我要去巩固一下证据。”在离开之前，他又回过头来，微微一笑，“虽然这话有点对不起那位生死不明的警官，但我不得不说，你伤人的时机真是再好不过了。”

副局长与秘书走向内侧的电梯。

“喂！”

“慢着。”我刚要冲过去，就被绫辻侦探拦住了。

“可是侦探，再这样下去的话他就要把我们……”

“你是乡下的初中生吗？别为这点小事就毛毛躁躁的。”绫辻侦探冷冰冰地看我一眼，“唉……真没办法，今天就破一次例吧。我来教你怎么对付那种货色，看好了。”

说完，他冲前面的背影叫了一声：“坂下副局长。”

副局长闻声回头：“怎么了？”

“我突然记起来了，我想问一件事，有关那名右胸被刺的特种部队的警官。”

“右胸？”坂下副局长皱起了眉，“他被刺的地方不是左胸吗？”

“没错，是左胸。你刚才不是说‘还没有看过报告’吗？这就证明你在说谎。”绫辻侦探干脆地说，“当然了，像你这么狡猾的官员，不可能不看那份报告，那可是你用来打垮敌人的武器。”

坂下副局长的脸色有些难看，看来是被绫辻侦探说中了。

不过绫辻侦探丝毫不在意他的反应，继续说道：“而那份报告上还写了一个重要的真相，关于将假的突击指示下达给警官的幕后黑手。”

“我记得……那人叫京极，是个异能者，之前大家都以为他已经死了。”

“但是他还活着。他是一个操纵邪魔的精神操纵系异能者，总喜欢找我和我助手的碴。”

“然后呢？”

“很简单，我试想了一下他唆使特种部队后，接下来会采取什么样的方式来找我们的碴。比如说，为了打垮辻村所在的组织，于是暗中操纵政府中枢的人员……你觉得有没有这个可能呢？”

“什么？”坂下副局长的脸色大变，“你说我……我会被他操纵？怎么可能？我不会被操纵的，我没有理由，也没有动机听他的命令。”

“我不是说了他的异能是精神操纵系的吗？如果你真的变成了京极的傀儡，那就必须在你犯下棘手的罪行之前将你关押起来。”

“关押？我……我没有被异能操纵。”坂下副局长的表情十分不自然。

“所有人都这么说，可你又不是异能专家，你的自我诊断是没有说服力的。”

“我不可能被操纵，绝不可能！”

“这可不好说啊……啊，提到专家，我记得有个十分合适的人选。只要让他为你诊断一下，就能证明你的清白。那个人是异能特务科的，你认识吗？”绫辻侦探淡淡地笑了，坂下副局长的脸色却越来越苍白。“特务科有个专家，能够抽出对方的记忆，就让他给你看看吧。”

“记忆……”坂下副局长的脸上已经全无血色，“绫辻侦探，您是认真的吗？如果真的让他看了，我……”

“不方便吗？”

绫辻侦探愚弄的话语把坂下副局长噎得哑口无言。

“当然会不方便了，如果被人知道你以前曾经撒过那么多如毒药般的谎话……”绫辻侦探居高临下地说。他的目光冰冷，就像在看一只虫子，“不过谎言这种东西，我也能一眼看穿。除了报告之外，你还说了别的谎。‘见到我很荣幸’？那又是谁在背后称呼我为‘冷血死神’呢？”

坂下副局长的表情一下子僵住了，像是在问侦探为什么会知道这件事。

“没什么可吃惊的，侦探去调查委托人的背景是理所当然的。你曾经通过第三者，将肮脏的工作推给我。之所以没有直接委托我，是怕自己会被异能牵连吗？”

我不禁惊讶地插了一句嘴：“委托？”

“没错。这位浑身上下包裹着高级西装的司法省隐形大鳄，是通过政敌的垮台与死亡才爬到今天这个地位的。之前担任你上司的司法大臣在二十五年前的故意杀人行为被揭穿后，出了意外事故而亡；与你竞争同一职位的同事也因妻子的犯罪行为被揭穿而下台。这些都是披着政府委托的外衣，由我解决的案件。”

“等一下，请等一下。”我连忙道，“那就是说，坂下副局长利用了绫辻侦探……让挡住自己官运的人全部死于非命……”

“没这回事！”被突如其来的言论炸弹轰炸了半天后，坂下副局长变得狼狈不堪，“就算真有，他们也是罪犯，理应受到制裁！”

“谁能保证他们的犯罪不是你设计的？”

“你没有证据！”

“我的确没有。不过你刚才说过——只要人民大众知道了真相，他们应该不会这样想。”

“不，我是，不对，那是正当的！不，没那回事！为什么你，等一下……”坂下副局长语无伦次地步步后退。

“身为高级官员，别像个小孩子似的慌里慌张的。我要说的话已经说完了。既然你能在背地里用匿名的手段利用异能者抹杀绊脚石，想必在打垮特务科之后会建立一个伟大的新体制吧，到时候我可要好好见识一下。至于事后人们会从你脚下挖出多少对你不利的真相……我就不清楚了。”

坂下副局长的脸白一阵红一阵，一句反驳的话也说不出来。

我瞠目结舌地看着这一切。绫辻侦探只是在罗列事实及引用对方所说的话，却完全堵住了坂下副局长对特务科发表的攻击理论。绫辻侦探不仅有优秀的推理能力，还擅长观察对方，快速组织语言来封锁对方的言论。他头脑的运转速度真是快得惊人。

不过，我倒觉得他可能只是单纯喜欢欺负人。另外不知道是不是心理作用，我觉得刚才侦探的表情非常生动活泼。

“总……总之，下次审议会的时候我会传唤这位小姑娘的。今天就到此为止！”

坂下副局长粗鲁地推开行人，大步流星地向大厅深处走去。

我看着他的背影，做了个大大的鬼脸。

“真痛快呀，绫辻侦探！”我笑着说。

“你的脑袋还是那么简单。”绫辻侦探冷冷地俯视我，“什么事情都没有解决，哪里痛快了？今后那个男人的战略会转变成攻击你个人，估计他会想办法罢免你，然后以过错人不在的理由追究特务科的监督责任。这样的话，我刚才所提到的不正当行为就不会公之于众了。”

“咦？”我仿佛被人兜头泼了一盆冷水，“那我……”

“转成你这种头脑简单的少女也能理解的语言的话，”绫辻侦探用吟游诗人般的表情说，“那就是你有被开除的危险。”

“那不是很糟糕吗？”

“唔，”绫辻侦探用手指敲敲自己的下巴，“听你这么一说，好像是。”

真是的！

我把绫辻侦探扔在原地，向坂下副局长离开的方向追了过去。

总而言之，自己的事我要自己想办法处理。

“你可要追快点，”背后传来绫辻侦探的声音，“错过这次，恐怕就没有第二次机会让你纠缠坂下副局长了。”

的确是这样。搞不好今天之后什么都不会发生，只有一封解雇通知书悄无声息地送到我面前。

我并没有深思熟虑，也不指望向副局长展露什么舌灿莲花的技能，将问题完美解决。

但是，我不能就这样作罢。

我必须让他知道，我也是一名一流的特工。

副局长就在前方，他笔直地朝里面的电梯走去。我记得那台电梯是直通顶层专区的高层电梯，只有一部分拥有许可证的官员才能使用。

也就是说，我必须在他进入那台电梯之前拦住他。

“坂下副局长！”

我高呼一声，但他充耳不闻，继续向电梯走去。

既然你是这种态度，就别怪我直接动手了。

“坂下副局长！我有话要说！”

电梯前方站着早早等在那里的秘书，他按下电梯开关的时机恰到好处，电梯门静悄悄地打开了。

“请留步！”

我大步地走过去。

我要是不向他辩解一下，我的将来也会被紧紧关上的。

坂下副局长从口袋里掏出钥匙卡，冲电梯内部的认证面板刷了一下。估计那就是通往顶层的通行证。

副局长面无表情地瞥了我一眼。秘书从他身边进入电梯，按下“关闭”按钮。我们之间的距离不超过五米，只要跑就赶得及。

电梯门开始关闭了。

就在这时，我的身后突然传来了叫声——

“辻村，那是陷阱！快把副局长拽出来！”

我连头都不用回就知道，那是绫辻侦探的声音。

我全身的汗毛都竖了起来。

在头脑反应过来的同时，我的身体冲向了电梯。

门关上了一半，我能看到坂下副局长因吃惊而瞪大双眼的模样。

电梯内部陡然响起轰鸣声。

那是一种仿佛大树倾倒、钢铁断裂般巨大又令人发毛的声音。

我根本没工夫想那是什么声音，满脑子都是绫辻侦探的指示。

能赶上吗？

我三步就到了电梯前，一把揪住坂下副局长的衣领向外拽。

与此同时，电梯厢陷入了一片漆黑，刺耳的金属声让我无法判断周围的情况。

即便如此我还是没有松手，用尽了全力往外拽。

“呜啊啊！”

我和坂下副局长向后倒去，摔成一团。

我在倒下去的时候砸到了后脑勺，顿时眼前一黑。

“辻村！”

我只能听到这个声音，跑向我的脚步声，还有不知从何处传来的爆炸声。

“辻村，快起来。”

这个声音就在我身边响起，我微微睁开眼睛，隐约看到了绫辻侦探的脸，但看不清他的表情。

“究竟……发生……”

“电梯掉下去了。”

这句话让我的心头一凉，然后看向电梯。

在开了一半的电梯门后面，只剩下昏暗的传动轴。电梯前的地板上有一片零乱的黑色金属粉末。

“坂下副局长……得救了吗……”

“嗯，是你把他救出来的。”绫辻侦探低声说，“不过只有一半。”

闻言，我这才看向自己刚才抓住的东西。

趴在地上的副局长……深灰色的西装，然后是……

坂下副局长的下半身消失了。

鲜血一直延续到电梯内部，就像在证明是我把他拽出来的一般。

绫辻侦探走向电梯，然后抬头仰望里面的昏暗传动轴。

通往最高层的昏暗竖井长得仿佛动物的体内。

“是蛟。”绫辻侦探还在观察传动轴，“下一个牺牲者，会被蛟吃掉。这就是蛟啊。”

大厅里的人骚动起来。

电梯塌陷，断开的尸体与血肉。

人群的混乱传播开来，大厅渐渐被喧嚣所包裹……

桌子上的电话响了。

飞鸟井此时摘掉了皮手套，正在品尝新上市的酱菜。

凭借长年的经验，飞鸟井光听电话铃声就能大概知道电话内容。小孩子被孩子王打了的联络电话、在小巷里见到一群邋遢男人的报警电话、新咖啡过滤机到货的快递电话……所有电话的声音都是不一样的。虽然同事和部下总拿这个笑话他，可一旦坐上军警的特殊高级侦查员的位子，就会渐渐养成这种无关紧要、在特殊时期却能分辨侦查明暗的直觉。

办公桌上传来的电话声让飞鸟井侦查员吃惊地回过头，他对这种火烧眉毛的响法有印象。

是杀人案。

飞鸟井拿起电话，果然印证了他的猜想。他问清楚情况后挂掉电话，抓起外套便离开了办公室。临走前，他顺便叫了三个部下和自己一起过去。

在离开办公室的时候，他看了看手枪里的子弹。这是公家配发的M9手枪，弹匣里有九发子弹，枪膛里还有一发，整整齐齐地填装在里面。

希望他没有机会打开这把枪的保险。

飞鸟井戴上皮手套，带着部下钻进车里，赶往案发现场。

现场在司法省主楼地下的电梯井。

那里已经被市警和机关保安封锁了，正在等飞鸟井过去。他在从地下停车场走向电梯井的路上，正好看到两个眼熟的人回过头来。

“飞鸟井，果然是你。”

“绫辻侦探，辛苦了。”飞鸟井已经从电话里知道他们在现场了，于是稍稍行了一个礼。“真是祸从天降啊。”

“我哪有祸从天降，真正祸从天降的，是与自己的下半身永别的可悲的副局长。”

飞鸟井顺着绫辻的视线看去。电梯门已经被拆了下来，可以清楚地看到里面的厢体。

他不用探过头去，就闻到了一股熟悉的腥臭味——血的气味。

电梯内部的外墙已经扭曲了，铁屑到处都是。地板上的血量大概有人体的一半，是副局长腰部以下的血液。

跟他一起搭乘电梯的秘书也已遇害，尸体就在这里。戴眼镜的年轻男秘书似乎是在电梯厢体坠落到电梯井的时候，被压断了脊柱而死的。

“坂下副局长可是一位大人物，”飞鸟井因面前的惨状而皱起了眉，“看来要想想怎么应付媒体了。”

遇害的是司法省的坂下副局长及其秘书。根据司法省保安提供的报告，死因是他们搭乘的电梯发生了坠落事故。大厅里的几十人都目击了电梯坠落的瞬间。

飞鸟井侦查员看了一圈案发现场：“一般这种电梯为了以防万一，应该有一个紧急制动装置……”

“已经被人毁掉了。”绫辻道，“这应该是一起专门针对坂下副局长设计的杀人案。”

“是这样吗？”飞鸟井一挑眉，“也就是说……凶手一直监视着副局长，在他进入电梯的那一瞬间，远程炸毁了电梯钢丝绳与制动器？”

如果是这样，说不定凶手就在能够看到这台电梯的地方——一楼大厅。

那么初期侦查就要从审讯案发时位于大厅里的全部人员以及检查他们的随身物品开始了。

飞鸟井刚想到这里，就听绫辻说了一句“不对”。

“不对？”

“嗯。你看这个。”

绫辻指的是电梯内部供相关人员刷钥匙卡的认证面板。

“这个认证面板是用来检查是否有资格进入顶层办公区域的。只要用它读取相当于ID的钥匙卡，电梯就会启动，前往顶层。但是你仔细看看，面板上面还有一层假的薄面板。如果用假面板读取ID，就会在锁定人物进入的时候发送有线信号。”

飞鸟井凑过去查看了一下面板。奶白色的读取面板上的确还有一层大小完全相同、厚约一毫米的磁板。二者表面的设计也完全一样。就算是专业人士，如果不留意观察，估计也不会发现。

假的读取面板已经被剥下一半，里面的感光板回路都露了出来，而电路布线则消失在轿厢外侧，可能是连接着有线爆破装置。

“也就是说，”飞鸟井道，“这个假面板只对坂下副局长的ID有反应，只要他一刷卡，电梯就会坠落，电梯里面的人也会因冲击而死亡？”

绫辻点点头：“凶手是一个谨慎的人。现场并没有炸药的气味，估计他故意用了成分不会残留的炸弹，以免被警方查到来源。而他所使用的电线及面板则是建材超市就能购买到的极其普通的东西。

单看现场遗留的物证几乎无法找出凶手。除此之外，由于这并非远程爆破,所以就算解析频率范围也查不到凶手。他设计得非常周密。”

飞鸟井在大脑中迅速重新组织侦查的计划。这起案件的确策划得很仔细，让人抓不到凶手的尾巴，但同时，这种伎俩也不是随随便便哪个坏小子就能想出来的，这需要非常专业的知识。凶手使用这么复杂的设计，他们自然能缩小犯罪嫌疑人的范围。

所以飞鸟井如此发问:“能制作这种装置，应该需要相当专业的知识，我们从这条线出发，不就能找到凶手了？”

可是绫辻摇了摇头。

“如果这是普通案件或许可以，可单看这起案件，并不需要专业知识，任何人都能办到。”

飞鸟井十分不解:“为什么？”

“因为这是京极搞的鬼。”

绫辻眯着眼睛说道。

“由水井开始的一连串案件都是他设计的游戏。之前，他曾经教凶手用肉毒杆菌杀人，这次也一样。他将‘利用电梯设计完美犯罪’的方法教给凶手，然后由凶手来执行。也就是说，就算不具备这方面的知识，只要有足够的毅力与谨慎，任何人都可以犯案。”

“可是……如果是这样，京极为什么要做这么麻烦的事？”

“飞鸟井，假设有个人带着杀意用菜刀砍人，在这种情况下，制造菜刀的厂商会被问罪吗？”

“啊？”飞鸟井愣了愣，然后才勉强回答,“这个……我觉得应该不会。”

“这就是答案。”绫辻道，“无论是肉毒杆菌案件还是这次的案件，都是凶手自己带着杀意完成的。就算有人传授他们周密且完美的杀人方法，那最多也只是工具。换句话说，在这种情况下，教他们如何犯案的人，不会成为我的异能‘死于非命’的对象。这就是原因。”

没错，京极犯下的罪行都不会被问罪。

在一般的刑事案件中，要对教唆犯定罪，需要掌握该教唆犯与被教唆者的犯案行为之间的因果关系。但既然有杀意的人是凶手，直接犯案者也是凶手的话，就必须证明京极是有意图地教唆凶手杀人，并且没有他的教唆，凶手就不会犯案。否则京极是不会被控以教唆杀人罪的。

不过，军警也好特务科也好，都不是那种对无辜市民碰都不敢碰的无害组织。他们可以通过其他案件逮捕京极，或者至少能找到某些借口，带他回去协助调查。

即便如此，京极还是固执地执着于“无罪杀人”，这究竟是为什么？

一直默默地站在他们身后的异能特务科的辻村，这时突然开口道：“也就是说，虽然从表面上看，这些案件的凶手之间及被害人之间都毫无关系，但这些案件的实际目的是相同的——向绫辻侦探发起挑战。”

绫辻没有回答，只是沉默地盯着远方的一点。

飞鸟井则盯着他。

绫辻与京极——针锋相对的阳与阴、正与邪。对飞鸟井来说，他们都是高不可及的，都身处远非他所理解的彼岸。

而京极之所以犯罪，都是为了挑衅绫辻的“杀人”异能——无视因果，百分之百杀掉凶手的最强异能。

京极发出的挑战只是为了打破这种无谬。

不过，飞鸟井还是有一些疑惑。

京极在挑战绫辻，这是显而易见的。如果京极的智谋出现破绽，让自己的罪行露出马脚，那么绫辻就会让京极“死于非命”，也就是绫辻取得“胜利”。

然而，相反的结局又是什么呢？绫辻狼狈不堪地败下阵来，京极则大声称快。可这一刻真的会到来吗？

到目前为止，京极的挑战都是以“有本事就解开这个完美犯罪吧”的形式出现的，换句话说，就算绫辻找不出凶手，解不开谜题，也不会有什么损失。无论这种比赛重复多少次都一样，别说让绫辻丧命了，甚至连他的一根汗毛都伤不到。

反倒是京极，只要他露出一丁点破绽，出现了一丝失误，就会立即死于非命，给这场对决画上最后的句号。

京极究竟为什么要发起这么不公平的挑战呢？

“开始调查吧。”飞鸟井的思绪被绫辻低声打断了，“我去查一下监控录像。不管布置得多么完美，凶手要在电梯上动手脚，就必须在事发前后到现场来。监控录像应该会拍下他那时的模样——凶手操纵‘蛟’的模样。”

“可是……要查看哪里以及什么时间的录像才好呢？”

“电梯被人动了手脚的时间，很有可能是在得知我们要到这里来之后。”绫辻道，“否则就不是对我的挑战了。我要查从昨晚到今天早上，监控拍到的出现在楼顶机房周边的人物。”

飞鸟井立即向部下下达指示，要求他们准备当时的录像。

监控录像的数量十分庞大。

绫辻查看了出入口、地下电梯井和楼顶机房周边的录像。

警务室的十几个屏幕正在放映监控录像。这里不愧是政府的中枢部门，每个录像都拍得十分清晰且毫无死角，甚至连行人的眉毛都能看得一清二楚。

绫辻静静地看着录像。他的视线缜密严谨，仿佛残暴的国王在向怯懦的臣下静静地施压一般，既锋利又无情。

飞鸟井的目光无意识地落在绫辻身上，光是被他那刀一般的视线盯着，犯罪者就会不由自主地交代全部罪行，至少飞鸟井就知道这种情况曾出现过三次。在侦查的时候，绫辻一人就能够完全解决市警分局的全部工作。虽然飞鸟井不想认输，但他没有自信自己能比绫辻更快地从监控录像中找到线索。

于是，他向旁边的辻村叫了一声：“辻村。”

听到飞鸟井叫自己，盯着监控录像的辻村回过头来。

“这份工作你做了几年了？”

“两年。”尽管不明白他为什么这么问，辻村还是老实地回答。

“你不怕吗？”

辻村露出了十分意外的表情："怕什么？"

"你的工作充斥着死亡。"

辻村轻声笑了："您的工作不也是一样吗？您都负责过那么多残忍的杀人案了。"

"我不是这个意思。"飞鸟井正色道，"我也和绫辻侦探来往很久了，所以我很清楚，特务科基本上没什么特工肯负责绫辻侦探的案子，因为大家都不想与特一级危险异能者——'冷血死神'扯上关系，哪怕是身心坚韧的特务科员。"

辻村直直地盯着飞鸟井。

"辻村，你之所以申请这份工作，是为了复仇吗？"

"不是。"辻村立即坚定地回答。

"你否定得太快了。"飞鸟井道，"你可以对我撒谎，但要是对自己也撒谎，我劝你还是快点改了这个习惯。"

辻村沉默了，片刻后瞥了一眼绫辻。

绫辻正全神贯注地盯着监控录像，他在观察十多个录像中出现的几十人，细致到他们的服装与举止。看上去不能轻易打破他此时的专注。

"大家都这么说。"辻村小声道，"'这份工作太危险了，还是不要做了。'可是我对侦探的异能了如指掌，我觉得并不危险。"

"真的吗？"

"嗯。"辻村十分肯定，"'死于非命'的目标是杀了人或残忍的杀人未遂的凶手个人或团体。不仅要证明凶手对被害人怀有杀意，而且只有凶手才能够实施犯罪，以及该案件是由绫辻侦探接到委托而解决的——这些条件缺一不可。只要侦探接到委托，无论中途发生什么事，凶手都会出于某种原因死亡。就算中途取消委托，也不能中断已发动的死亡异能，就跟说出口的话无法收回是一个道理。”

飞鸟井陷入了思考。绫辻的异能是绝对的，一旦他推理正确，凶手就会死亡；如果没有推理正确便什么事也不会发生。这种功能堪称无与伦比的发现真相装置。

而要是没有找出凶手，绫辻就会被特务科“处分”。

因为找不到真相的杀人侦探，只是一个危险的累赘。

绫辻也是在明白这一点的基础上展开侦查的。

说中就是凶手死，说不中就是侦探死。就在这种走钢丝般的情况下，绫辻已经将至今为止接受的所有案件全部解决了。

这种钢铁精神甚至让飞鸟井感到后背发凉。

原来如此。

这就是京极的“胜利”。他要让绫辻推理失败，然后被特务科处死。这就是京极不断策划完美犯罪的原因，也是他赌上自己的性命，向绫辻发起的挑战。

而绫辻也对此心知肚明，并接受了委托。

策划完美犯罪的京极与发现真相的绫辻。

一旦被人发现与自己有关的证据，京极就会死；一旦找不到凶手，绫辻就会死。这是一场不容失误的走钢丝。总有一天，其中一方会从钢丝上掉下来。

“可恶！”

突如其来的怒吼声在房间中炸开。

所有人都被吓了一跳。

“可恶！该死的京极！这就是你的游戏吗？”

绫辻一拳砸在桌上，怒发冲冠。他的身体周围似乎都掀起了熊熊怒火。

“侦探，您发现什么了吗？”

“你们眼睛是瞎的吗？没看到刚才录像里的男人？”

大家慌忙向屏幕看去。画面带着时间与录像编号，显现的是供工作人员使用的侧门，同时画面中还有好几个人。

“倒回五秒钟前。”绫辻命令道，保安连忙操作机器，将画面倒了回去。

画面切换后，出现了一个身穿衬衫的男人。男人梳着整齐的头发，眼睛很明亮。看上去就像一个要和民企干部一边打高尔夫，一边谈生意的官员。他的身上并没有什么明显的可疑之处。

飞鸟井盯着那个人。既然绫辻侦探这么说了，那他就一定有不自然的地方，说不定就在衣服或随身物品上。

然而绫辻像看白痴一样对盯着录像的众人说：“你们在开玩笑吗？这有什么可观察的，不管是谁看，不管怎么看，凶手都是这个家伙。”

这时，辻村突然叫了一声：“啊！”

“不是吧……”她压低了声音。

“辻村，你有什么发现？”

“请看这里。”辻村用颤抖的手指向屏幕，“他的手指……”

飞鸟井也察觉到了。

他左手无名指指尖缺了一块。

绫辻克制着愤怒，说道：

“一般来说，京极操纵的都是不知道自己被操纵了的傀儡，但是也有几个人，是直接在他的指示下帮助他实施阴谋的。他们听从他的一切指令，为了他不惜牺牲自己的性命……京极管这些人叫‘使魔’或是‘式神’。我估计使魔应该分别被他的异能‘邪魔’附身了。不过最关键的是，直到刚才，我们一直都不知道这些使魔是谁，他们在哪里。”

说完，绫辻转身看向室内的众人。

“这下子就清楚了。圀圄岛上第十八名凶手——‘工程师’，就是京极的使魔。”

他的声音像是被抻开的钢丝一般紧绷。

“真的吗……”辻村道，“‘工程师’……与这起案件有关吗？”

“的确是那家伙的风格。”绫辻点点头，“‘工程师’就是设计这起电梯案件的凶手，而且就连我们会检查录像这件事也在他的预料之中。你们看。”

绫辻操作了一下机器，再次播放暂停的监控录像。

无名指缺了一块的男人像是觉得高尔夫包过于沉重一般，重新背了一下，然后便站在原地。就在那一瞬间，他冲监控摄像机露出了微笑，就像在说：有本事就来抓我啊。

虽然那笑容只有短短一瞬间，如果不事先一直盯着几乎不会发现，不过他的确笑了。

“同一台摄像机应该会拍到‘工程师’结束作业后出来的样

子。”绫辻向保安发出指示，“四十五分钟到一小时后。”

保安听话地将录像快进。

他们很快就找到了同一个人，就在同一台摄像机的五十四分钟后。画面上出现了穿着衬衫、眼睛明亮的男人。

“看他的包，侧面口袋里装了四支棒状弹药筒。这是破碎剂，可以通过化学反应引发蒸汽爆炸，摧毁建筑物。电梯就是被这个炸掉的。之所以没有在现场的爆炸痕迹中化验出炸药成分，就是因为他用的是这个。”

绫辻操作机器，来回看了看“工程师”进入时与离开时的录像。

“六支破碎剂……变成了四支。”飞鸟井看着屏幕低喃。

“是为了以备不时之需？”

“不，他既然是‘工程师’，就一定事先设计了周详的计划。以备不时之需也不需要用到四支，一定还有其他原因……”

说到这里，绫辻一下子停住了，仿佛他的灵魂已经飞入了思考的深渊，只留下肉体还停在原地。

“绫辻侦探？”辻村小心翼翼地探头叫了一声。

“飞鸟井，你去调查一下半径六公里以内装了电梯刷卡系统的所有建筑，然后立即组建侦查总部，调动附近的警方人员。这是他发来的预告函。”

“预告函？”

“他拿了四支炸药，是为了一会儿用，也就是说，他至少还要再用同样的方法杀一次人。”

“还要……杀人?!”

“他没有回基地，而是直接走了，这说明下一个现场离这里非常近。就算加上坐车的时间与作业时间，应该也在半径六公里之内。”

“现在就联系总部，把所有能出勤的市警全部集中起来，并且把录像上的这个男人的长相发给大家。”飞鸟井向部下下达指示。

部下们点了点头，分头去完成自己的工作。

绫辻看着侦查员们四散的背影，说道：“接下来的事就交给警方了，应该没问题吧？”

“侦探！”辻村挺身而出，“我也要参加侦查！”

绫辻端详辻村的神色，片刻后说道：“是我听错了？你的任务是监视我，而不是逮捕杀人犯；你们委托我做的事是解开水井之谜，而不是动手抓人。我觉得我们除了在这里等消息之外，没有其他事要做。”

“可是那家伙是‘工程师’啊！”

绫辻没有回答，只是盯着辻村的表情，似乎想看穿她那急迫表情背后隐藏的东西。

“我必须问他……有关我母亲的事，侦探，您应该也有责任帮我，不是吗？毕竟图圄岛案件是您解决的。”

绫辻沉思了几秒钟，然后拿出了烟管。

“我没有那个责任。”

“可是！”

“不过如果你答应我的条件，我也不是不能帮你。我想想……这样好了，在我指定的某一天之内，你要听从我的所有吩咐，如何？”

“咦……所有的？”

辻村的表情刹那间僵住了，但她很快改变了想法，干脆地宣布：

"我明白了，我答应您。"

"成交。"绫辻用手指敲了一下烟管。

"我这就去把车开过来！"

辻村飞快地跑了出去，绫辻和飞鸟井都注视着她离去的背影。

"绫辻侦探，这样好吗？她对'工程师'似乎太过积极了，虽说那是她的杀母仇人，也不是不能理解……但如果她的视野因复仇变得狭隘，不会被京极乘虚而入吗？"

"如果真发生这种事，只能说明她就那么点能耐而已。我不是她的亲戚，没义务为她担心。"

毫无温度的声音让飞鸟井不由得看向绫辻。

"而且我要订正你一句话。'工程师'不是辻村的仇人，因为杀害她母亲的人不是'工程师'。"

"是吗？那她的仇人到底是——"

绫辻慢慢转头，看向飞鸟井。

他的表情让身经百战的侦查员飞鸟井瞬间停止了心跳，那表情就像一条阴鸷的蛇在盯着小动物。

"是我。"

绫辻的口中散发出丝丝冷气。

"是我杀了辻村的母亲。因为她的母亲是十七名杀人犯之一。"

银色的阿斯顿·马丁在街上奔驰。

街道看上去与平时别无二致。温暖的阳光照在柏油马路上，写着“大减价”的商店旗子在路边随风飘扬。

但映入眼帘的景色中慢慢出现了异物:将无线对讲机竖在耳边的巡警，急急忙忙展开准备工作的军警驻地，拉响警报器驰骋在马路上的警车。

这一时刻，以司法省为中心的半径六公里以内的地方已经变成了戒严令地带。现在，杀人犯正在某个地方准备杀人计划。

“先从最近的地方开始调查吧。”我一边开车，一边说，“先是附近的医院，然后是商业设施。”

坐在后面的绫辻侦探没有回答，只是目不转睛地盯着车外。

“侦探，您在听吗？”

“要做些什么好呢……”绫辻侦探唐突地说。

“做什么……是对‘工程师’吗？”

“不，是对你。”

绫辻侦探抬起头，通过后视镜看向我。

“你的脑子一直装不了太多东西，是不是已经把刚才的事忘了？我们做了一个交易。在我指定的某一天之内，你要听从我的所有吩咐。不是说好了吗？”

“呜……”

的确有这么回事。

刚才情况紧急，我不小心和他做了这个约定。

“这个交易有两个要点。一、指定的一天;二、听从我的所有吩咐。也就是说，我的命令不止一条，一天之内我有无数下达命令的机会。童话里虽然说‘只能实现三个愿望’，但我的命令可没这么少。让我想想……要来一百个还是两百个呢？”

侦探这与平素不同的唠叨口吻让我吃惊地看向后视镜。

绫辻侦探正微微笑着。

这时，我才意识到——我被耍了！

从看监控录像的时候起，侦探就已经预料到我们会达成协议。

“这种交易是无……”

“无效的？我无所谓哦。”绫辻侦探干脆地说，“只不过，如果你坚持，我现在就下车，然后向特务科汇报，你违反命令单独行动。”

“呜……”

我无言以对。

“这表情不错。”绫辻侦探凉飕飕地说，“我很久以前就想说了，你这副不情不愿的表情非常有欣赏价值，要不要找个人偶师把这张脸做下来永久保存呢？”

一跟这个人说话，我就很容易忘记自己才是他的监视者，我才是掌握生杀大权的那个人。

我明明是一个特工……

“您想拿我寻开心倒是没什么，可是您别忘了，”我一边开车，一边道，“只要我向上面报告一声侦探‘有失控的危险’，那您马上就会被‘处分’的！”

“原来如此，原来你打算用这种假报告来背叛特务科对你的信任。这的确是你理想中的一流特工会采取的行动。”

“呜……”

我再次无言以对。

“别这么沮丧。”绫辻侦探道，“虽然你是个既不成熟又粗心大意的麻烦制造机，但你也有自己的长处——年轻，而且吸收能力快。虽然你可能在其他任务中派不上用场，不过你要庆幸，你被分到了我的事务所来。你可要好好吸收我教你的东西，尽早成为能够独当一面的仆人。”

我一脚踩下刹车，车里的东西噼里啪啦地掉了下来。

“我不是仆人！”

“仅限于现在罢了。”绫辻侦探面不改色，“我很期待你履行约定的那一天。”

就在我还想反驳的时候，我的手机响了。

可能是飞鸟井侦查员打来的吧，说不定他知道了什么有关“工程师”的消息。

“您好，我是辻村。”

我按下耳机按钮，接通电话。

然而我猜错了，这不是飞鸟井先生打来的。

“坂口前辈?!”

“工程师”混迹在人群当中。

现在是工作日的上午时分，路上的行人神色清爽。“工程师”也带着清爽的心情望着这些平凡的人。

路人们看上去都是拥有尊严的个体，但“工程师”想，这是错误的。他们是“部分”，绝非“个体”。他们是庞大体系的构成要素。只有数万的“部分”合在一起，才能形成庞大的可以活动的机关——社会。

但他不一样。他已经用完美犯罪杀了许多人，他背叛了体系。一个暗中破坏体系的要素会潜入庞大的体系内部吗？答案是不会。也就是说，自己并不是体系的构成要素，不是“部分”。

因此，他与他们不同，他才是一个完整且独立的“个体”。

“工程师”背着高尔夫包，哼着古典爵士乐，走在路上。

“警方应该以为我要开车走吧。”“工程师”想，“所以他们才会监视道路、进行盘查、查看高速公路的监控录像。我早就看穿他们在想什么了，因为我了解身为体系的‘他们’，而他们对身为完整‘个体’的我一无所知。我们之间的情报是不平等的，这就是我不会被抓到的原因。

“所以我才要反其道而行之，徒步移动，这样也方便随机应变。当然了，为了以防万一，事先准备好的逃跑路线我也全部牢牢地记在了脑袋里。”

完整的“个体”伴随着责任。它具有反社会性，因为就算失败也没有任何人来帮忙，所以不是什么人都能当的。普通人估计会被巨大的压力和罪恶感压垮吧。这样也好。对大多数的人来说，背叛庞大的体系其实得不到什么利益。人因为弱小而群居，最终建立起来的，就是能获得比“个体”更大利益的体系。

那是一个名为社会的巨大妖怪。

“工程师”沿着楼梯走进大楼。

擦肩而过的人们对“工程师”没有任何感情，在他等大楼玻璃门打开的时候，会微笑着向他点头行礼。这让他感到有些愉快。

如果知道他打算在这里做什么，“部分”们一定会尖叫着吓得腿脚发软吧。他知道他们是渺小的“部分”，他们却不知道他是“个体”。这也是情报的不对等。

他进入工作人员通道，从包里掏出事先准备好的工作服，迅速穿好之后再往里走。他一边回想楼内地图，一边灵活地移动。

“工程师”在一扇上锁的金属门前停了下来。他的目的地就在这里面，不过这也跟他预料到的一样，只要他按照“水井”所说的行动，就没有做不到的事。

他确认周围没有人之后，从包里掏出清洁电脑的空气除尘器的罐子。他把罐子倒过来，向门把手喷了喷。

这个空气除尘器用的是氟利昂替代品，只要把罐子倒过来，就能喷出低温的液态瓦斯。虽然不能把人直接冻死，但能引发门锁的低温脆性。这样就足够毁掉锁了。

他仔细地把瓦斯喷了一遍，然后拧动把手，再用肩膀狠狠一撞，门锁里的铁轴便伴随着一声闷响折断，门开了。

“水井”的确教了他很多，大多数都是技术与知识。这些全是让他成为“个体”而非“部分”的必要情报与思想准备。

如果五年前，在那座囹圄岛时也有“水井”的帮助，他一定可以将杀人案做得更完美，这样就不会被突然出现在岛上的侦探查出案件的真相。除了碰巧离开小岛的自己，其他同伙也就不会死。现实的结局实在太让人遗憾了。

然而过去的事也只能让它过去，重要的是当下。

“工程师”从台阶上跳下去，回想安装炸药的步骤。

估计市警现在还在调查医院和商业设施吧，那些地方配备了符合条件的电梯，并且一旦爆炸就可能出现大量伤亡。从至今为止的情况分析，这个推测是正确的。

正因为如此，他们才无法阻止他。

“工程师”走到了无人的高架铁轨上。

仅仅使用四支破碎剂，要怎样发挥最大功效去杀人?

这个地方就是答案。

这条高架线路横跨街道，从这里四下观望，能看到分布在周围的数条大道，车站就在离这里不远的地方，路上还有行走着的路人。

“工程师”看了看手表，从现在开始就是时间之争了。他要在下一趟列车来之前，将破碎剂埋入铁轨里进行爆破。他已经预先演习过很多次，只要在列车到来的前几秒钟内炸毁铁路，列车甚至不会因检测到震动而紧急刹车。

“这样我就可以离独立的‘个体’更近一步了。”

——变成不同于世间万物的特殊之人。

然后总有一天，会像“他”那样……

装好第二支破碎剂后，“工程师”抬起头。

接着，他便察觉到了人的气息，而且还不止一个。

有一道声音这样对他说……

“真可惜，是你输了，‘工程师’。”

绫辻侦探道。

举着枪的侦查员将“工程师”包围起来。

铁轨上的那个人僵在了原地。他背着高尔夫包，穿着工作服，发型整齐，目光明亮。

这便是图圄岛的第十八人，京极的“使魔”。

“政府的走狗啊……”“工程师”低喃，“为什么……你们会找到这里？”

“因为我看穿了你的犯罪倾向与心理。”绫辻侦探说道，“你故意让自己出现在监控录像里，使我们先入为主地认为你打算用破碎剂破坏电梯，然后你再趁我们调查其他电梯时破坏其他地方，制造大规模事故。这样一来，就可以让我和军警彻底颜面扫地。我猜到了你的心理，于是推测，你的目标是除电梯之外能杀人最多的车站。”

绫辻侦探环视四周的风景。

“只要在这条铁轨上实施破坏，列车就会轻易脱轨，坠落到下面的街道上，那样引发的伤亡一定非比寻常。不仅是乘客，连地上的街道都会出现大量死者。以小小的四支破碎剂所能引发的灾难来说，这是一般人能想到的最糟糕情况，不过对你来说应该算是最大的勋章了吧？遗憾的是，我们已经联系了铁路公司让列车紧急停车了，因此，你预想的灾难是不会发生的。”

绫辻侦探微微瞥了一眼身后的飞鸟井侦查员，后者点了点头，像是在肯定侦探的话。

绫辻侦探从一开始就基本看穿了“工程师”的行动。他故意让市警前往配备了电梯的地方，目的是让凶手放松警惕，另一边他派以飞鸟井先生为首的侦查员们来到这里。他将凶手不会开车移动这一点也列入了计算之中，最后锁定了会被当成目标的车站。

也就是说，凶手的行动从一开始就在绫辻侦探的掌握之中了。

“工程师”一脸铁青地瞪着绫辻侦探。

“原来如此……你就是‘杀人侦探’啊。”

“别急，自我介绍的时间一会儿有的是，我可有很多问题想问你……真期待啊，毕竟你跟京极不一样，看上去是一个嘴快的家伙。”

一名侦查员回收了破碎剂，正要检查他的背包。

“先别把包打开。”绫辻侦探用锐利的声音说，“这家伙应该就是杀害副局长的凶手，但如果让我看到包里的铁证，我就会自动发动‘死于非命’的异能杀掉他。虽然这一幕也值得一看，但我们暂时不能这么轻易就让他死掉。”

侦查员慌忙远离了背包。

绫辻侦探的异能一旦发动，开始寻找凶手，直到凶手死亡之前都是绝对无法取消的。无论侦探自己怎么想，只要证明了对方是凶手，异能就会瞬间发动，凶手必定会死亡。

正因为如此，侦探才不能看到证据。一旦他看到应该还在包里的铁证——施工用的消音电钻和备用电线，死亡异能就会立即发动。

“辻村，”绫辻侦探突然看向我，用下巴指了指凶手，“你这段时间应该积攒了很多压力吧，去把那家伙铐起来吧，你可以尽情虐待他的胳膊。”

求之不得。我从腰间取出手铐:“你被捕了。”

“不好意思，没这么简单。”

“工程师”动作灵敏地掏出破碎剂，抵在了自己的脖子上。

侦查员们的枪口全部对准了他。

“没想到你居然这么无聊啊。”只有绫辻侦探的脸色分毫未变，“将炸药对着自己来威胁我们……你电影看太多了。你觉得凶残的犯人把自己当成人质，就能从这包围圈中逃出去了？”

“不知道啊，但是你们应该想从我嘴里问出很多东西……如果我现在死了，你们会很麻烦吧？”

“把炸药扔了！”我举着手枪叫道。

“如果你肯扔了枪，为我准备车帮我逃跑的话，我很乐意扔掉炸药。”

我举着枪瞥了绫辻侦探一眼，他面无表情地观察着“工程师”。

现在的局势很不好说。虽然我们肯定不会把他放跑，但也希望能将弄死他的风险降到最低。

我的大脑迅速转了起来。

和他说话，逼他露出破绽。有这么多侦查员在，只要他露出破绽，我们就一定有办法。

“你别以为我不会开枪。”我压低了声音说，同时一点点向他那里蹭过去，“你还记得五年前，发生在囹圄岛的连续杀人案吗？”

“什么？”

“你是那起案件的犯罪团伙中的一员。而十七名共犯里，有我的母亲。”我扼制住自己的感情说道。

“是吗？”“工程师”似乎被勾起了兴趣，“侦查员的家人是杀人犯啊……这么说你是利用了遗传的杀人才华来解决案件的喽，挺有意思。”

我瞬间火冒三丈。

我动用全部的理智压制住怒火，继续平静地说道：

“我并不知道我母亲具体有没有直接杀人，但有一点可以确定，母亲身为‘杀人犯’的另一面是我不知道的，而现在知道这一面的人，只有你。”

我重新举起手枪，瞄准了他。

“在你告诉我真相之前，我绝对不会让你逃掉。”

“我当然还记得囹圄岛的事。”“工程师”微笑着道，“因为我是案件的指挥者。只有我才理解案件的本质意义。杀人意味着什么，杀掉他人自己会变成什么，那些家伙完全不明白这些问题，他们满脑子都是伪造游客活着的假象，以此敛财罢了。一群见钱眼开的家伙。想操纵这种人真是再容易不过了，就像让狗学会表演一样。”

“工程师”的脸上带着从容的笑，向我走近一步。

那是一种如沼泽般黏腻的笑容。

我觉得自己仿佛在注视一锅煮沸的污泥，心里充满了厌恶。

我握枪的手心热出了汗。

“我对去世前几年的母亲一无所知。”我道，大脑的某个地方传来当当的响声，就像在给我的心敲着警钟。“如果她就是一个邪恶的杀人犯，那我会把她在我心中的模样完全舍弃。但如果她是被你操纵的人偶，那么绫辻侦探杀掉的只是一个被人操纵的可怜母亲，我一定会找绫辻侦探报仇。我母亲是出于自己意愿才弄脏了自己的手吗？或者说，她只是帮助你实现计划的棋子？”

就在我这样说的时候，我感到胸中升起了一股强烈的灼烧感。

为什么我要说这些？

我明明只是为了拖延时间才说的。

可是为什么，我的胸口会有一种火辣辣的刺痛？

“小姑娘，你生气的表情还挺可爱的。”“工程师”笑眯眯地说，“我想起来了，有一个女人生起气来的样子跟你一模一样，年纪也符合，她眼珠的颜色很淡，右耳还有一个小小的伤口……”

是母亲。

她的右耳是在我小的时候弄伤的，母亲当时说，是工作的时候稍微受了伤。

“那个女人既顺从又不起眼，非常无聊。我甚至不记得她当时做过什么。她最后被压在了着火的房子下面，活活烧死了。”

我体内的神经仿佛被雷电劈中。

“混蛋……”

我的血在沸腾。

在问出情报之前，不能杀他。

可是——

“人偶啊……我在之前的杀人案中曾经操纵过无数的人，”“工程师”的视线十分柔和，温柔得就像能看穿对方心里最柔软的部分，

“用金钱和尊严能够操纵男人，而操纵女人的方法则更简单，尤其是心理软弱的女人。你要不要亲身体验一下，你的母亲是怎样被操纵的？”

我的理性被碾压得嘎吱作响。

我“啪”地拉开机枪，向前踏出一步。

“住手，辻村，别受他的挑拨。”

绫辻侦探的声音有种奇异的模糊感，像是从很远的地方传过来的一样。

我的食指不住地抽搐。

“真让人头疼啊，辻村。别这么简单就把证物给毁了。”

不知从何处传来了声音。

下一刻，一道黑风般的人影从我眼前吹过。

那道人影对“工程师”做了三个动作——踢中他的左膝窝，折断他右手小拇指，反拧住他的左肘向后一转。这三个动作在我看来，完全是在同一时间发生的。

“工程师”还没来得及发出惨叫，人影便夺过破碎剂扔到一边，然后一把抓住他的肩关节，将他反向按在地上。

一切都发生在弹指之间。

“辻村，辛苦了。接下来的事就交给我们吧。”

被按在地上的“工程师”发出了痛苦的呻吟声，这时，另一个人影也从对面走了过来。

来人穿着枯叶黄的西装，戴着一副圆眼镜，看上去像是一名大学教授。他的言谈举止温文尔雅，眼里却蕴藏着尖锐铁针般的冷冽之光。

“坂口前辈……”我喃喃道。

“辻村，你还记得我教过你什么吗？‘不要让赶牛人去赶狮子’。从司法省高官死亡的那一刻起，本案就已经不在侦探事务所的处理范围内了。那个男人是‘狮子’，而赶狮子是我们特务科的工作。”

就在坂口前辈教训我的同时，有两个人站在他的两侧。

一个是把西装穿得很随便的女子，她嚼着口香糖，漫不经心地冷眼看着周围。她的腰间挂着一柄只有政府人员才有资格佩带的黑色刀鞘。

另一个是穿西装的高大男子，刚才瞬间制服了“工程师”的人就是他。他手上戴着骑士手套，身上穿着黑色西装。从身体重心纹丝未动这一点就能看出来，他身手非常了得。

这两个人都是坂口前辈的直属部下，也是组织里优秀的武斗派，一直跟在坂口前辈身边保护他。

由此就能知道前辈的敌人有多少了。

内务省异能特务科参事官助理——坂口安吾。

“坂口。”绫辻侦探平静地打了声招呼。

“您好，绫辻侦探。”坂口前辈露出了恭敬的微笑，“真是非常抱歉，我很少露面。关于这次的报酬，稍后会按平时那样支付给您。”

坂口前辈的部下单手抓着“工程师”的肩膀把他揪了起来。我曾经见识过他一只手就把苹果捏得粉碎的样子，被他抓在手里的人估计翻不出风浪来。

“坂口，我劝你不要接手这起案件。”绫辻侦探道，“我现在还不知道京极具体有什么企图，如果在这种情况下把案件移动到巨大的盒子里，到时候烧起来的火也会很大。”

“特务科是不会着火的，绫辻侦探。”坂口前辈依然微笑道，“任何人都不能烧毁特务科。我们之所以到这里来，是不想给司法省攻击我们的借口。想必他们一定会坚持，坂下副局长的死是与他们对立的我等特务科的阴谋。我们必须在他们提出这个主张之前，揭发幕后黑手是这个男人，证明特务科是清白的。”说着，坂口前辈冷冷地俯视着“工程师”。

“所以你们要拷问这个男人？”绫辻侦探耸耸肩。

“不至于拷问，”坂口前辈答道，“因为他很快就巴不得把自己知道的全部吐出来了。”

我只能盯着这二人的一问一答。

坂口前辈是非常出色的高级特工，他曾经成功地完成许多与异能有关的重要任务，年纪轻轻便坐上了参事官助理的位子。他一向擅长收集分析情报，用冷静的思考与判断将异能敌人逼入困境。

而且，他还是当初将身为实习侦查员的我挑入特务科的师父。

“既然特务科来了，那我们的工作就到此为止。”一旁的飞鸟井侦查员把枪收了起来，“收队吧。”

“我能说一句话吗？飞鸟井侦查员。”一名侦查员一边将枪收入枪套，一边道，“我有一个疑惑。”

“什么事，芳野？”飞鸟井先生回头道。

“这是……什么声音？”

被称作芳野的年轻侦查员皱着眉扫视着空中。他留着短发，脸上有些雀斑。他可能跟我同龄，或者比我还要小几岁。大概是由于西装的尺寸有点大，让他看起来有些不太可靠。

“我什么也没听到啊。”飞鸟井看了看上空。我也跟着环视了一下四周，并没有发现什么特别的东西。

“没有吗？您仔细听，好像有什么……布料还是绳子之类的东西在互相摩擦的声音……越来越大了。”

绳子互相摩擦的声音？

“喂，侦探先生。”“工程师”的声音打断了我们四下寻找的动作。

“什么事？”绫辻侦探冷冰冰地问。

“妖术师……‘他’让我向你问好。”“工程师”道，“而且他还有一个值得一听的情报要告诉你。”

绫辻侦探沉默了片刻，然后扯出一抹极低温的浅笑：“哦？”

“他说只能告诉你，因为你跟他交情匪浅，还说绝对不要告诉特务科和其他人。”“工程师”意味深长地笑了，“我外衣里有通信器与耳麦，你拿去用吧。”

绫辻侦探瞥了坂口前辈一眼，后者考虑了一会儿，轻轻点点头。

绫辻侦探从“工程师”的外衣里掏出通信器，电源是开着的。他观察了半晌，确认上面没有陷阱和机关之后将耳麦塞入耳中。

随后，他眯起了眼睛。

绫辻听到了那个声音——如果可以的话，他真希望永远也听不到这个声音。

“老夫先说好，”那个声音道，“你不用过多担心，因为老夫没打算伤害你。”

那个声音平静又沙哑，绫辻不可能听错。

“京极，”绫辻忽然道，“你讨厌什么？”

“怎么突然问这个？”

绫辻没有理会京极的问题，京极只好无奈地答道：

“待老夫想想……尚未完结的小说吧，实在令人讨厌。”

“那么对我来说，你就跟尚未完结的小说一样。”

对面安静了片刻，接着便传来京极愉快的笑声：

“求之不得。”

“你故意让手下把通信器交给我，就为了跟我聊天，”绫辻道，“孤独的老人可真是不容易啊，京极。”

“你不知道吗？欺负年轻人是老年人的乐趣啊。”京极哈哈大笑。

“你到底有什么事？”

“老夫想委托你一件事。”京极用诡异的沙哑声音笑道，“当然不会让你白做，毕竟亲兄弟还得明算账呢。老夫会给你机会与你那边的久保君单独对话。你们管他叫‘工程师’吧？不过我的条件是，你把他放了。”

“什么？”绫辻皱紧了眉。

“绫辻侦探，他说了什么？”

异能特务科的坂口站在稍远一点的地方，问道。只有绫辻一个人戴着耳机，在场的特务科、“工程师”、侦查员们都听不到他们的谈话内容。

“京极……”绫辻微微移开了耳麦，“想让我们放了‘工程师’。”

“怎么可能？”在场的人发出了抗议的私语。

“工程师”茫然的脸上终于露出了笑容。

“哈……哈哈哈哈哈！‘他’果然厉害！”“工程师”狂笑不已，“居然已经预料到了这一步。”

“京极，你听到了吗？就算是你的委托，我也不能接受……不敢到现场来的家伙还是乖乖闭嘴吧，你的手下就交给我们了。”

“我不是说了不会让你白做的吗？”通信器对面的声音道，“如果你们把他放了，我就给你们一个能让你们拯救优秀同伴的机会。”

绫辻眯起了眼睛。

“难道你们还没听到吗？这个声音！这里肯定有什么啊，就在这附近！”

那位名叫芳野的年轻侦查员看着空中叫道。

现场所有人都戒备地举起了武器。

“我知道了……我知道了！在这里！声音就是从这里传出来的！是敌人的攻击！”

芳野大叫，将枪伸了出去——

顶住了他自己的下巴。

“必须要阻止！我要阻止敌人的攻击！”

说着，芳野——

“住手，芳野！”

射穿了自己的头。

射出的M9子弹穿透了他的下巴。螺旋运动的子弹自下方击碎芳野的蝶骨、小脑，破坏脑干和顶叶，从头顶穿出。破坏能量伴随着速度衰减而威力渐增，血液从他的头上喷出。

冲击让芳野的头向后仰去，他失去平衡，越过铁轨的安全栅栏，摔到了十几米以下的地面上。

不一会儿，大家便听到下方行人发出了惨叫声。

所有人都被这冲击性的一幕惊呆了。

“总有人说，老夫的异能很弱小。”绫辻的耳中传来老人轻轻的声音，“但是只要具备合适的时间与地点，就可以像这样发挥有效的一着。顺带告诉你，附在他身上的邪魔叫‘缢鬼’，是从中国大陆传过来的鬼，据说被它附身的人会自己用绳子勒死自己。在中国大陆的《太平御览》《聊斋志异》等著作中均有记载……”

“我一定会杀了你。如果不能用异能，我就用自己的双手杀掉你。你做好心理准备吧，京极。”

“哎呀呀，绫辻的威胁格外吓人呢。”

京极话音刚落，周围就响起了一连串的叫声。

“我听到了……听到了！绳子的声音！”

“在脑袋里……是从脑袋里传来的！”

“把它赶出去！该死！怎么能被这种声音……”

五名侦查员里有三名都发出了困惑与愤怒的叫声，他们全部用枪顶住了自己的下巴。

他们的表情都很认真，对自己的行为没有丝毫疑问。

“住手！把枪扔了！”

“请住手！大家振作一点！这是敌人的异能攻击！”

飞鸟井与辻村叫道。然而他们已经用枪顶住了自己，二人也不敢轻举妄动。

“如果你们不把久保——‘工程师’放了，他们的脑袋就保不住了。”京极道，“唔……亲口说出来还是觉得这种话太没品了，有点难为情啊。不过，事实就是这样，老夫也没有办法。”

“住手，京极。”绫辻迅速地说，“我明白了，我答应你，不要再让侦查员自杀了。”

绫辻用锋利的视线扫了坂口一眼。

“坂口，把这种小角色放了也不要紧，反正我们还有机会。放了‘工程师’。”

“可是……”

“我不打算和你争论。放了他。”绫辻坚持道。

“我明白了。”坂口不情愿地道，“可是那个男人的录像已经分发给了街上的市警们，光凭他一个人是逃不出去的。”

“京极，你听到了吗？”绫辻冲通信器道。

“哦，这个啊，你们不需要担心。”

就在这时，辻村看着脚下的铁轨道：

“铁轨……在晃动。”

绫辻看向脚下，堆积在深灰铁轨上的细小石子都像触电般不住地震动，并且震动的幅度越来越大。

“可恶，原来是这样。”绫辻咒骂一句，“所有人离开铁轨！”

所有人都已经避无可避地看到了—— 一辆列车正从铁轨的对面向他们逼近。

“怎么回事，列车应该都已经停了……”飞鸟井呆呆地低语。

“请大家都移动到铁轨的另一边！把那些用枪指着自己的侦查员也一起拽走！”

坂口的指示让大家都动了起来。几十米之外，列车伴随着“哐哐”的声音逼向了大家。

就在所有人退避的时候，列车停在了大家的面前。这是一辆陈旧的客车，表面刷了一层黑色的涂料。

“绫辻，你和久保一起上车吧，这是老夫为你们准备的专车。”京极笑着说道。

伴随着压缩空气的驱动声，列车的门自动打开了。车里很亮，空无一人。

“京极，我丑话说在前面。”绫辻冲通信器说道，“我上了车，你可别后悔。”

“老夫早就猜到你会这么说了。”

京极说完这最后一句，便结束了通信。

第五幕 客运火车内

上午
阴云

天空渐渐阴了下来，变成了灰色。久保和绫辻乘坐的黑色列车仿佛一只老年食草动物，摇摇晃晃地在铁轨上奔跑。

不久后，列车驶入了通往地下的隧道。

这是地下铁路。如此一来，就不能从上空追踪列车了。

宽敞明亮的列车内，两个男人倚靠着门旁的车壁站立。

其中一人是久保——被称为“工程师”的杀人犯，他正笑意吟吟地注视着窗外流逝而去的黑暗；另一人是杀人侦探——绫辻行人，他闭着眼睛抱着胳膊，一动不动。驾驶席上并没有人，倒是装了五花八门的机器，自动控制着列车的速度。

“我说，侦探先生，你做这份工作多久了？”“工程师”忽然问。

“二十年。”绫辻闭着眼睛答。

“真的假的？那你岂不是从上幼儿园的时候起就开始当侦探了？你一共解决过多少案件？”

“五万。”

“真可怕。杀过多少被害人？”

“二十亿。”

“喂，侦探先生，”久保的脸有些抽搐，“我知道你不想跟凶手聊天，但也不要这么看不起我。”

“哦？这是为什么？”绫辻微微睁开眼睛问。

“我是为了优哉游哉地回基地才坐上这辆车的，而你是被威胁才坐上来的。你跟我不一样。应该害怕地观察对方脸色的人是你，不是我，你懂吗？”

“原来如此。”绫辻的声音中隐约透着些刻薄，“你说的没错。不愧是从水井里得到他人传授的知识并制造案件，还到处宣扬自己与众不同的人，说出来的话就是跟常人不一样。”

“你说什么？”久保的脸色变了。

“你以为水井的事没人知道吗？”绫辻冷冰冰地看了久保一眼。

绫辻像在自己家里一样放松地取出细烟管，叼在嘴里，然后说：“‘给予他人邪恶的水井’，这个名字的确很像流行的都市传说，既低俗又老套。它的背后却是极其细致又狡猾的‘筛选系统’，为的是选出拥有足够智慧与恶意的人，去实现完美犯罪。”

久保十分吃惊：“你已经……调查了这么多了？”

“身为一名侦探，解决案件时的诀窍就是从能够解开的谜题开始三下五除二地解决。”绫辻道，“水井里有提示某本书的书号——《The Selfish Gene》的初版。这本书就算如今读起来也毫不过时，而且一九七六年发行的初版现在极为稀少，所以在市场上的价格十分昂贵。”

绫辻在细烟管上点了火，慢慢吸了一口。

“当然，获取途径也是有限的。我让特务科调查了国内的旧书书店，但没有找到。这样一来，剩下的途径就只有国外的旧书网店了。经调查，好几个国外旧书购买网站都有被外部窜改过的痕迹。我们查出了在特定时间从特定地区购买了《The Selfish Gene》的人，得知他们在收到那本书的同时还收到了另一种情报。”

绫辻用余光看向久保，一边观察他的反应，一边继续道：

“由此，‘水井信徒’知道了一个名叫京极的男人，并且见识到了他的知识与意志，以及他至今为止策划的庞大的杀人案总量。至于假书上写着的是联系京极的方式，还是杀人知识，就只有见到实物才能确定了。但可以肯定的是，水井信徒在切实得到邪恶知识之前，必须达到大量的条件：不惜浑身沾满泥污也要去调查水井的行动力，解开暗号的知识，购买价值几十万日元书籍的迫切心……只有具备所有的条件，这个人才能拥有化身‘邪恶’的资格。之后，他们就得到了完美犯罪的知识，比如肉毒杆菌的陷阱。这就是……”

绫辻停了一下，然后用冰冻般的眼睛盯着久保。

“这就是住在井里的妖怪的真面目。”

久保不置可否，只是轻笑了一声，与绫辻四目相对。

这时，绫辻突然察觉了什么，他从怀中取出通信器。那是他乘上列车之前，与京极联系时用的带有耳麦的通信器。

“有通信来了。”绫辻说着，将耳麦塞入耳中。

他的脸色立即变得难看起来：“是你啊，京极。”

绫辻眯起了眼睛，像是在仔细倾听耳麦里的声音似的，时不时还点点头：“嗯，我知道了，好吧。”

就像在等待这个时机一般，自动控制的列车拉起紧急制动器，在黑暗的地下铁轨的正中央喘息着停了下来。

自动门伴随着压缩空气的声音打开。

绫辻向久保投去一个目光：“你下车吧。”

“你呢？”久保问。

“我好像还要在铁路上旅行一会儿。”绫辻答道，“京极在等我。”

“把我排除在外了啊。算了，反正我的第一要务是摆脱追兵。”

“你听到了，京极。”绫辻冲耳麦说道，“对了京极，你用了什么手段，能让地下都有无线信号？虽然我很清楚你缜密的为人，但……”

说到这里，绫辻停了下来，然后皱起了眉：“他挂了。”

“这说明你也在‘他’的股掌之间。”久保嘿嘿笑了两声，“这段跟你手牵手的逃命之旅很愉快哦。记得代我向‘他’问好。”

久保正想穿过打开的门跳到铁轨上，却听到了绫辻的声音。

“我还想问你最后一个问题。”

久保回过头来：“问什么？”

“为什么你认为我不会杀你？”

久保的表情僵在了脸上。

“你知道我的异能是‘让凶手死于非命的能力’吧，而你用电梯杀害坂下副局长的事也基本是板上钉钉的事。只要我回去之后稍加调查，那么无论你逃到什么地方我的异能都必定会杀掉你。为什么你认为我不会这么做？”

久保顿时面如土色：“你想……说什么？”

“因为你甚至没有让我惩罚的价值。”绫辻冷冰冰的目光像是在看一个垃圾，“如果在这次的案件里，能够证明京极是你的背后主使，我就可以让京极以教唆犯的身份‘死于非命’。因为你是这个证明中所必不可少的，所以我才没有杀你。换句话说，一个连惩罚价值也没有的小喽啰，我可以暂时让你逍遥法外。”

“你说什么？”久保激动地一拳砸在列车的车壁上，“我……我是不一样的！我不是小喽啰，也不是别人的手下！我是特别的人！”

“京极过去曾经说过一句话，‘愚者的咆哮听起来特别悦耳’，以前我没觉得，这次倒很是赞同。”绫辻耸耸肩，“想必特务科很快就会追上你，我很期待与你下次的见面，‘工程师’。”

“我一定要杀了你，”久保满怀恨意地说，声音里带着真正的杀气，“等我确保自身安全之后。我现在就得制定计划了，得好好想想到时候我要让你如何痛苦地死掉。”

“那就下次再见吧。”

“好啊。”

久保怒火中烧，慢慢地下车。

这时，绫辻的声音又在他背后响起。

“啊，我想起一件事。你最近这段时间，有没有出现过幻觉？”绫辻道，“既不是现实也不是错觉的虚幻画面，在五年前到现在的这段时间。具体来说就是狗、狐狸……或者猴子。”

说到“猴子”的时候，久保的肩膀抽动了一下。

“我听不懂你在说什么。”久保压低了声音道。

“原来如此……是猴子啊。”绫辻平静地道，“感谢你的珍贵情报，快走吧。”

久保似乎还想说什么，但转念又闭上了嘴，他用恨之入骨的目光瞥了绫辻一眼，然后小跑着从铁轨上离开了。

就像要让绫辻亲眼看到这一幕似的，列车在这时才关上了门，发出一声呜咽，再次开动起来。

“‘工程师’的跟踪信号开始移动。”

这里是军警的特殊侦查总部，众多侦查员正在一个宽敞的屋子里进进出出。

我现在正在看的，是定位跟踪器释放信号的卫星画面。

“地点？”坂口前辈盯着画面问。

“港口附近地下铁路的紧急出入口。”飞鸟井先生一边操作画面，一边回答，“我想应该是‘工程师’在地下下了车，然后从这个位置来到了地上，所以卫星才继续跟踪了。”

“还好在抓住他的时候给他装了跟踪定位器。”坂口前辈面无表情地说。

特务科在铁轨上按住“工程师”的时候，悄悄在他的外衣领子上装了跟踪定位器。列车进入地下后信号一时中断，让大家很是提心吊胆，不过这下总算可以继续追踪他的位置了。

“港口……我知道了，他想坐船逃跑。”坂口前辈沉吟道，“他一旦出海，就会离开卫星的监视范围，我们要马上进行追踪。”

好。

既然已经有了决定，那我就不能傻站在这里了。

我从夹克衫口袋里掏出钥匙，快步走向出口。

“辻村，”但坂口前辈突然叫住了我，“你要去哪儿？”

“当然是去逮捕嫌疑人！”我有力地答道，“不能让他逃掉！我还有很多问题想要问他！”

坂口前辈没有立即应声，只是面无表情地推了一下眼镜。

“这是出于工作，还是出于私人复仇？”

“当然是……”

我嗫嚅着。

囹圄岛的幕后黑手。

那个将母亲拽入黄泉的男人。

——你要不要亲身体验一下，你的母亲是怎样被操纵的呀？

“当然是出于工作。”我直视前辈，说道，“身为特务科的一员，我无论如何都要抓住杀害副局长的凶手。”

坂口前辈一言不发地盯着我看了一会儿，从圆眼镜背后射过来的视线如锋利的刀刃一般刺穿了我。

“好吧。”他终于开口道，“不过，请务必活捉他，因为我们还要用他去抓真正的凶手。虽然我觉得你不会徇私对他下手……但万一不小心致使嫌犯伤亡，你——”

“您不必继续说了，我明白。”我打断了前辈的话，“我一定完成任务。”

说完，我没等坂口前辈的回复，便向出口走去。我大步流星地走向自己的车子，没有回头。

没问题，我会活捉他，不会杀他。

没问题，一定没问题。

列车发出了老者叹息般的声音，再也不动了。绫辻从车中走了下来。

从这里开始，他一直按照通信器的指示行事。他从废弃的地下通道里的逃生梯爬到地上，打开铁门，便看到一片毫无建筑的荒凉平野。

列车来到的地方似乎是一个早已废弃且并未注册的地下通道。绫辻按照指示继续往前走，同时隐约感到似乎有人正盯着自己。

走了一段时间，他在石子路的对面看到了一个小小的防雨檐，以及一个铁制的地下室门。

绫辻环视四周。周围毫无人气，仿佛死亡之地一般鸦雀无声。虽然不必担心有人埋伏在这里，等着将他包围，但他也没有工具能偷偷呼叫救援。

不过这一切都在绫辻的预料之内，他只是轻轻耸了耸肩，便踏入了铁制的地下室大门。

穿过狭窄的地下通道，往地下走了几米之后，他来到了一个巨大的空洞里。

这是一个四方的空洞，被混凝土加固了，内部十分空旷。在空洞中央靠近他这边的地方，有一个继续通往下方的洞。这个洞比起地下室，更像是下水道，就这么光秃秃地敞开着。

微弱的光线从这个洞透了出来，仿佛不祥的鬼火。

绫辻通过洞口向下看。

洞口似乎通往更下方的房间。从洞口到地面之间的距离大概有四米，抓着洞沿轻轻往下跳的话，应该不至于受伤。

于是绫辻这样做了。

“欢迎你远道而来，侦探阁下。”

听到这个声音，绫辻知道自己这么多路总算没有白走。

妖术师就站在房间一角。

只要再往前走几步，绫辻就可以抓住他。

“京极。”

听到绫辻的低语，京极满意地点点头。

“不好意思，溜了你这么久。不过，能看到你笑得这么开心，也不枉我辛辛苦苦地做了这么多准备工作。”

听他这么说，绫辻摸了摸自己的脸。

他在笑。

仿佛即将把猎物折磨致死的食肉动物的笑。

“我当然想笑，谁叫你终于肯露面了呢？”

至今为止，绫辻已经与京极展开了无数场战斗，但与之面对面的机会少之又少，可以说稀少程度堪比金山。

绫辻慢慢地向京极走去，同时迅速戒备着周围。

这个房间并不是很大，是一个边长四米左右的立方体。房间里基本上没什么东西，只有地板上撒着一些铁屑。他觉得自己就像待在一个四米的骰子里。看上去周围既没有埋伏的京极部下，也没有陷阱。

“京极。”

“绫辻。”

二人相对而站。

他们的距离很近，近到如果有一方偷藏了短刀，可以在眨眼之间割断对方的喉咙。

“真糟糕，”绫辻微微歪着头，“把你揪出来的这一天我不知期盼了多久……但一旦梦想成真，我却不知道要说些什么了。”

“老夫也一样。”京极笑道，“但是我们都清楚自己该做什么，对吧？”

绫辻用耳语般的声音说道：“虽然我有很多问题想问你，但你肯定不会回答吧？”

“谁知道呢，你可以问问看。”

绫辻看着他，沉吟了片刻道：“那我就问了……你做好死在这里的心理准备了吗？”

绫辻那零度以下的冰冷杀意几乎没有任何前兆地喷薄而出。

杀气将空气都冻结了，京极仿佛置身冰窟。

饶他身经百战，一时竟也说不出话来。

这世上没有人能直面绫辻的杀气还不动如山。

“老夫有没有做好死亡的心理准备并不是什么重要的问题。”京极好不容易张开了口，“问题是，老夫与你的胜负之争是否真的能在这里成立。在此之前，老夫想给你看一样礼物。”

京极说着，拉开了自己的和服衣襟。

那里挂着一个装着黄色液体的袋子。

“啧，”绫辻道，“是毒吗？”

“是神经毒气。”京极微微一笑，“只要老夫一拉这根绳子，里面的液体就会挥发，让整个房间充满剧毒。虽然闻起来像果子一样香甜，但只要吸一口，就会导致全身痉挛，连站都站不起来。几秒钟之内肌肉就会麻痹，大小便失禁而亡。不过老夫一点也不想用这个方法送你上路，你就把它当成是让游戏成立的舞台装置吧，虽然有些不解风情。”

“是啊，把自己的性命也当成游戏的赌注，这是你一贯的爱好。”绫辻神色不惊地看向京极，“那么，比什么？”

“比智慧。”

京极开心地说道。

绫辻沉默着蹙眉。

“很简单吧？几个月之前，就在我们所处的这个地方，有一个人以不可思议的方式死掉了。如果能解开她的死亡之谜，就算你赢，而你要是赢了……”

京极说到一半停了下来，看了看绫辻，才继续说道：

“我就告诉你如何解除逼向你搭档的危机。”

没有答案，不知道要去哪里。

就连自己都不知道自己在想什么。

这种浑浑噩噩的状态既烦闷又痛苦。

对我来说，能让我高兴的事就是知道自己的目的地，不需要分散注意力去处理其他事情，只要咬紧牙关一往直前就可以了。

就如同现在。

我踩了一脚油门，双眼直视前方的道路。

我心无旁骛地驱车疾驰，快一点，再快一点，我一定要追上那个家伙。

“辻村，要安全驾驶啊——”

“现在说话会咬到舌头的，飞鸟井先生！”

我大幅度地一甩方向盘，在红灯亮起之前飞过面前的十字路口。

这条街通往港口，大道上车来车往。我驾驶的银色阿斯顿·马丁仿佛子弹一般在车流中穿梭。

闪着红色变道灯的阿斯顿·马丁不停地变道，以迅猛之势追赶“工程师”。我甚至一直都没有看测速仪。坐在副驾驶座上的飞鸟井侦查员好几次被撞得东倒西歪，不停地发出呻吟声。

“这个凶手可真是愚蠢呢，飞鸟井先生！”我冲身旁的飞鸟井先生大声叫道，“他居然以为能从我手中逃走！我们要好好给他上一课，这样骄傲自大是会把小命送掉的！”

“辻……辻村，我想问你！你这是第几次开车追嫌犯了?!”

“第一次！”我大叫着一甩方向盘，来了一个漂移，“站住站住给我站住！”

“我还是第一次跟这么乱来的人搭档！”飞鸟井先生发出了痛苦的叫声。

车子跳了起来，保险杠蹭到了路边的电线杆，如果在平时，这个声音会让我第一时间想到修理费，但对现在的我来说，它听上去就像千里追凶的伴奏曲。

我的脑袋里响起了架子鼓与电吉他的节奏。

想逃？没门！

“辻村，我看到了！”飞鸟井先生指着前方，“是他坐的车！”

在十字路口的对面车流中，有一辆白色的跑车。那是一辆被盗车，驾驶席上的窗户已经碎了，估计是“工程师”在偷车的时候打碎的。

我看了一眼对方的车，心里就大概有数了。那辆跑车是在市区里开的，虽然型号有些旧了，但回转力极佳，就性能而言，和我的阿斯顿·马丁不分上下。那就让我见识一下你有几分能耐吧。

对方发现我们了，他提高了发动机的回转力，想突然加速。

我接受了他的挑战，也踩下油门。

“辻村，红灯，红灯！”

换挡。变速器发出了野兽般的咆哮。

两辆车同时猛地加速。

我的阿斯顿·马丁无视亮着的红灯，化身一颗快球从横过马路的轿车和卡车中间“嗖”地飞过，穿过了十字路口。

“呜哇啊啊啊啊!!”我用余光看到飞鸟井先生紧紧地抓住了安全带。

白色跑车与银色阿斯顿·马丁仿佛从心脏一下子输送出去的血液一般，在如血管般的道路上飞奔。轰鸣声吓得其他车辆四下逃散，但我的眼里现在只能看到那一个人。

一团烈火在我的体内流窜。

我要让你知道，你的败因就是与我为敌！

我再次换挡，继续加速。磨蹭着地面的轮胎冒出了白烟。奔跑的银色铁块在柏油马路上留下两道黑色的爪痕，仿佛不知疲倦的食肉动物，犹如划开路面的标枪。

他向右拐了。我也向右拐弯。按照我记忆中的地图，我们差不多快要到港湾了。周围的车辆一下子少了起来。

“进入港湾之后车辆就变少了！”我一边开车，一边叫，“在那里就算开车开得粗鲁一点也没关系吧？”

“你还能开得更粗鲁?!”飞鸟井先生发出了像是惨叫的声音。

我和“工程师”的车子几乎是并列闯入了港湾用地。

这里的道路应该是为了供运货车使用，所以设计得非常宽。右手是一排集装箱仓库，左手是一排海关大楼，中间就是两辆并驾齐驱的车。

就在这时——

我在右边的集装箱仓库群中，看到了奇怪的人影。

人影有六个左右，都穿着黑西装，戴着墨镜。他们从看上去像是港口警卫的人那里接过几个行李袋。周围还有三辆贴了烟膜的黑色SUV。

看到我车顶上的旋转警示灯，黑衣人们的脸色一下子变了。

“他们是……”

黑衣人被我超过之后，消失在视野范围之外。

下一刻，我听到了车身仿佛被锤子不断击打的声音，并且还伴随着车身的震动。

我的心脏都冻结了。

“这……这是什么声音？”

“糟了！”飞鸟井先生神色大变，“我们被枪击了！”

刚才那三辆黑色的SUV，正从我们的后方快速追了过来。一个男人从车窗探出身子，手里举着冲锋枪。

“该死，怎么办？他们是‘工程师’准备好的援兵？”

我通过后视镜看着后方，观察他们的车与枪的种类，同时十万火急地在大脑里搜索资料。

然后，我得出了一个最糟糕的结论。

“怎么会这样……”我哀叹一声。

我想明白了。

“工程师”并不是单纯地以港口为目标，而是他知道，只要他逃到了这里，就能甩开侦查员。因为这里是政府看不到的黑暗之地，是由夜之居民们全权掌管的国内异境。

“他们是把港湾地区当成自己地盘的非法组织！”我大叫，“我们刚才看到的是Mafia的非法交易现场！”

【 】

“辻村被人袭击了？”

绫辻的声音在地下室里回响。

“没错。”京极平静地应道，“机会难得，所以老夫就花了点心思设计了一下。老夫稍微指导了久保君，告诉他调查Mafia的地下交易情报，然后横穿交易现场。老夫最中意像他们那样用拳头说话的人，因为他们的行动原理太简单了。”

“Mafia不可告人的交易现场被路过的警方车辆目击，所以就要袭击他们？”绫辻轻蔑地哼了一声，“这个想法真不符合你的风格，太肤浅了。就算他们是Mafia，也是会臣服于国家权力的人，要是敢随便袭击警方车辆，每个月得有两次要被判终身监禁。”

京极毫不动摇，依然微笑。

“前提得是……那是普通的交易。”

“什么？”

“你那位辻村姑娘目击到的，是Mafia的小喽啰背着首领秘密进行的非法交易。”京极道，“在以纪律和利益为最高准则的Mafia里，私自进行地下交易是绝对禁止的。尤其是药物和严禁携带的危险枪支，因为一旦惊动了政府就会很麻烦。不过……有那么一小部分的下级人员，总会被眼前的金钱所迷惑，比如这次。”

“瞒着首领进行地下交易啊……”绫辻咂了一下舌，“如果败露，就不是被捕的问题了……黑社会绝不允许有人破坏规则。”

“估计他们会对这种人严刑拷打吧，让他们后悔从娘胎里爬出来。”京极笑嘻嘻地说，“多可怕啊。恐惧会给人动力，让他们不惜杀人灭口，就算对方是政府的侦查员也一样。”

被子弹击中的仓库器材飞到了半空中。敲打着车身的子弹变成了管乐器，演奏出不成调的乐曲。

“该死，怎么办？Mafia的那群家伙是不是被警察欺负狠了，脑子不正常了？”

“肯定是因为被我们目击到了交易现场，所以要杀我们灭口。”我一边转方向盘，一边大叫，“得想想办法，否则根本没工夫去追‘工程师’！”

我为了不让他们瞄准，将车开得七扭八歪。就算这样，还是有好几发子弹击中了车身，溅起一串火花。

几发子弹命中车窗，在玻璃上画出了白色的放射状裂纹，但车窗并没有被打碎。

“这车真结实……难不成是防弹的？”飞鸟井先生掏出枪说道，“但你不是一个新人吗？”

“身为特工，就算不吃不喝也要开防弹的车！”

“这是谁的名言？”

“我的！”我大吼一声，更加用力地踩下油门，“可是车身下面没有加工成防弹的！要是底盘的驱动系统被反弹的子弹击中，我们就要被掀起来了！”

“我可不想变成这样啊！”

飞鸟井先生把胳膊伸出车窗，冲后方的SUV开了几枪。

几发子弹击中了SUV，敌人的速度稍微降了下来。

我握住方向盘猛地向右一转。

车身发出了摩擦声，左边的轮胎几近悬空。飞鸟井先生连忙用体重压在浮起来的那一侧上。

堆积在路边的纸箱器材被我撞飞，铁制棒形材料在柏油马路上撒了一地。我从仓库与仓库之间的缝隙中溜过去，在狭窄的小路上疾驰。

两侧的风景飞速向后方退去，发动机发出了最大音量的咆哮声。

“他们还在追！”飞鸟井先生看着后方大叫，“那帮家伙是铁了心要弄死我们！”

我继续开着车左转，从仓库街上跑过去。

情况不妙。

对方有三辆车，而且都在连续开枪，一看就是习惯打打杀杀的黑社会成员。

再加上港口本身就跟他们的后院一样，他们应该很熟悉这里的每个角落。

相反的，我们不仅枪火不足，我还不能随心所欲地操纵自己的异能。

怎么办？这样下去总会被追上的。

我握着方向盘的手渗出了汗。

要怎么办才好？

在这种情况下，要是能像昨天那样——像被特种部队包围时那样，有绫辻侦探的指导就好了。

“快点出题。”绫辻干巴巴地说道。

“哦？你打算应战了？”京极愉悦地问。

“别得了便宜还卖乖，浪费时间。”绫辻不屑地说，“如果这一切都是你安排的，那么我至少可以确定一件事——你不会用枪、毒或暴力来杀我。你想用比试让我屈服，掌控我惨败的人生后再杀掉我。你不是一直都在这样做吗？快出题吧。”

“你果然是独一无二的。”京极心满意足地微笑道，“那边有一份文件，老夫把这起谜团重重的案件取名为‘杀人之匣’，它是我十分欣赏的一起案件。”

绫辻捡起掉在房间角落里的一叠文件。看封面上面的印刷字，这应该是从市警资料室偷出来的。

绫辻翻开文件。

文件中记录了这个房间里发生过杀人案。

杀人凶手是一名阴险狠毒的骗子。

他靠威胁大公司的会计并指使其贪污公款为生。

可是三个月前，骗子迎来了某个危机，他操纵的会计因为承受不了良心的谴责而出逃了。

要是他跑到警方那里去求助，自己就完蛋了。骗子拼命地到处寻找她——会计是一名女子。

然后他找到了，就在绫辻如今所站的地方，这个地下避难所。

他把她杀了。

但是，骗子被判了无罪。

绫辻翻到下一页。

他为什么会被判无罪呢？因为他是不可能犯罪的。

女会计在这个房间里被刺杀而亡，骗子在她的死亡时间里没有不在场证明，并且警方还在他的家里发现了沾血的外套，经鉴定，衣服上的血与女会计的血一致。

然而女子不可能是他杀的。

因为这个房间是一个单行房间，一旦进来就再也出不去。

而且逃入了避难所的女会计，还亲手将唯一的出入口——铁梯子毁掉了。

也就是说，这是一起不可能犯罪，虽然凶手可以进来杀掉她，却无法出去。

因为无法证明骗子是怎么从屋子里逃出去的，所以他被判了无罪。

“也就是说，我也跟她一样。”绫辻轻轻摇了摇头，“除非我解开这个谜题揭开真相，否则我也无法从这里逃脱。”

绫辻抬头看向天花板。他进来的那个圆洞，就在天花板的正中央，四米高。房间里空无一物，也没有什么能成为线索或踏板的东西。就算想要求救，地下避难所里手机没有信号，根本办不到。

“顺便告诉你，当初警方也没有发现凶手事先准备了钩子或者绳梯。”京极愉悦地笑道，“就跟现在的你一样，进来之后杀完人才发现出不去了。”

“原来如此，我明白了。也就是说……这起未解决的案件也是你教唆的。”绫辻道，“你知道逃脱的方法，所以告诉了房间里的杀人者。既然你现在在这里，那你当然知道要怎么逃出去。”

“场外的推测之战就到此为止吧。”京极事不关己般地说，“在这么重要的比试里谈论出题者，是不是太不风雅了？”

“的确。”绫辻道，然后重新观察房间。

房间的墙壁是白色的树脂胶合板，如果有锤子，应该可以打破它。但是墙壁上并没有被破坏过的痕迹，而且这里是地下，就算打破墙壁也逃不出去。

房间的形状是边长四米左右的立方体，地板、天花板、所有的墙壁都是正方形的，整个房间就像一个高达四米的骰子。这个由正方形构成的房间，就是京极所说的“匣子”吧。

没有能用来垫脚的东西。房间里本就没有摆放什么物品，唯一有的就是散落在地板一角的铁管碎片——是被害人毁掉的铁梯子。它原本是通往天花板那个洞口的唯一出入口，现在已经变成了几十块碎片。

资料上显示，被害人察觉到有生命危险，所以事先联系了警方，说自己在这里避难。如果警察不来，她自己也无法从避难所中出去，这说明她已经抱了必死的决心。

然而当警察来到这里的时候，她已经变成了一具尸体。

——尸体。

“没有尸体。”绫辻环视房间说道，“如果被害人是被刺死的，那她被杀的地方至少应该有血迹。”

“跟老夫来。”京极向绫辻招了招手。

在正方形房间的一面墙壁上，设置了一扇不起眼的推门，里面还有一间更小的屋子。如果说之前的那个房间是一个四米高的骰子，那这个小屋子就是不到三米高的骰子。

这两个房间几乎完全相同，唯一的差异就是小房间深处的地板上清楚地印着血迹。已经凝固的血液为这间毫无生气的房间添加了唯一的个性，而且是极为强烈的个性。想必另一个房间会很羡慕吧。

在血迹周围，有很多刺入地板的铁管，是梯子的碎片。铁管共五根，围在记录尸体姿势的白绳外侧，长的大概四十厘米，短的大概十五厘米，全部扎在地板里。

绫辻在血迹前蹲下，望着铁管，道:“为什么铁管会扎在这里？”

随后，绫辻又回到了大房间，观察连接两个房间的墙壁。

这是一扇有把手的门，制作得很坚固。墙上除了门，还有一圈正方形的黑线，与隔壁的小房间差不多大小，简直就像要把隔壁房间的尺寸在墙上记录下来似的。门在墙壁正中央，比门大一圈的正方形黑线也在中央，黑线以上没有墙，只有一个昏暗的空洞。

“房间上面有个空洞吗？”

绫辻伸出手去，却没有碰到空洞，他用力一蹦，也没有碰到。既然高个子的他都碰不到，那么把这条路当成凶手逃出房间的线索可能有些不现实。他抬头只能看到连接小房间墙壁与天花板的金属扶强材，应该是骰子的骨架吧。但是，想要跳起来抓住它很难。

就算他使用了某种手段够到了金属扶强材，爬到了空洞之上，也不会再有下文。空洞与大房间天花板中央的洞口之间的横向距离有两米，就算是绝世的越狱王估计也无法从空洞跳到那里逃出去。

绫辻重新回到大房间的中央，仰望天花板的出口。

“从地面到出口的高度大约四米，”绫辻道，“专业运动员的垂直跳跃力为五十到七十厘米，也就是说，资料上的嫌疑人再怎么努力也最多只能到两米五的地方，离四米的天花板还远得很。”

“没错，你差不多该给老夫一个结论了吧。”京极浅浅一笑。

绫辻眯起眼睛看着京极：“我可不知道还有时间限制。”

“大名鼎鼎的杀人侦探，居然会怕小小的时间限制？”

绫辻绷紧了下巴的肌肉。

他无言以对，可是……信息实在太少了。

车身在跳动。

阿斯顿·马丁撞飞了好几个空货物箱，在港湾横冲直撞。

敌人正在一点点缩短距离，我不知道还能坚持几分钟。既然这里是Mafia的地盘，那海岸警卫队和军警的增援想必很晚才会到。

“该死，没子弹了！”飞鸟井先生看了一眼用枪栓固定在后方的自动手枪大叫。

“用我的吧！”反正在这种情况下，我也没工夫开枪。

“但是他们的车也是防弹的！我们的火力完全拼不过人家，不知道能撑到什么时候……”

车子在不知不觉间被我开到了堤坝附近的沿海大道上。他们对这里的路果然很熟，已经把我们逼到了走投无路的地步。

这下可不妙。

“辻村！”飞鸟井指向右手边，“那家伙的车在船上！”

我闻声望去，看到了一艘靠向码头的货船，而载着“工程师”的白色跑车，就停在那艘大船上面。他想乘船逃跑。

“我向船那里开了！”我转动方向盘，“反正现在我们也没别的路可走！”

我猛地向右一转，阿斯顿·马丁便改变路线向码头驶去，底盘险些把柏油马路削掉一块。

“工程师”……

我一定饶不了他。

在车站的时候，他说过母亲是被他操纵的，那就表示母亲有可能并不是天生的坏人，或许她只是被教唆了，被利用了心里最软弱的地方。

小时候，我很讨厌母亲；长大以后，在我看来，每天忙着工作几乎不着家的母亲形同陌路。

然而就算是这样，我心里也对逼死母亲的“工程师”怀有强烈的杀意，甚至连我自己都觉得很惊讶。

我一定要追上他，然后亲手……

车子势如子弹般跑向“桥”。

那是一座单车道宽度的开合桥，为了让船只入港，会定期从中央一分为二，各自抬起。

此时，桥的中央正好有一堆貌似货物的纸箱子挡住了我们的去路。可能是工作人员正把这些物资搬进船里的时候听到了这边的骚动，吓得直接逃掉了。

桥很窄，我不可能避开它们过去。

“我要从那堆货中间穿过去！”我叫道。

“没问题吗?!”飞鸟井先生也回叫，“要是有人躲在货物后面，那我们会撞死他的！”

我一时语塞。

可母亲的仇人就在我的眼前。

“那也没办法！只能祈祷后面没人了！”我紧紧握住方向盘，“请抓好了！”

我从正面撞向纸箱堆成的小山。

车身一跃，纸箱里的蔬菜和日用品铺天盖地飞了起来。萝卜、毛刷、卫生纸和水果被撞上了天，然后纷纷从桥的两侧落到海里。车子颠簸了一下，然后通过了开合桥。

“没人！”我踩着油门叫道。

“我撞到屁股了！”飞鸟井先生颤抖着声音说。

虽然我感到自己从一堆货物上方狠狠地碾压了过去，但没有撞到人的感觉，我松了一口气。不过这也正常，如果有一辆轰鸣着飞奔而且还被枪林弹雨追杀的车子向自己逼来，不可能注意不到。

“我要直接开到乘船口那里！”

我转动方向盘，改变路线直奔运输船。

就在这时，某个东西骤然之间撕裂空气，从港湾对岸飞来。

世界陷入了剧烈的冲击之中。

那个东西在即将撞上车子之前爆炸了，车身顿时被橘红色的火焰包裹。

车子飞上天空。

“呜……”

视野一片雪白。我的身体狠狠地撞在车里的东西上，已然不知东南西北。安全气囊砸在我的脸上，我一瞬间失去了意识。

黑暗中浮现出了毫无意义的画面——母亲眺望远方的脸庞、在特务科进行的射击训练、昏暗的绫辻侦探事务所……还有更遥远的，连我自己都想不起来的小时候的记忆。

那一刹那，我突然分不清自己身处何方，在做什么。

“喂，快起来！敌人还在开枪啊！”

叫喊声与摇晃我的双手唤醒了我。

车子在码头旁边停了下来，火和烟已经侵入了车内。我恢复意识的时候，看到飞鸟井先生正把我从车里拽出来。

我爬出车，躲在车后面，对岸立即射来了大量的子弹，阿斯顿·马丁的车身发出了铜管乐器般的声音。

“那帮家伙居然用空爆弹发射器袭击我们！”以车为掩体的飞鸟井先生大声叫道，“Mafia的军火走私网是不是太猖獗了？”

空爆弹发射器是可以射出水平飞行榴弹的最新型个人军火。被射出的榴弹在击中目标之前会水平高速飞翔，利用激光测距仪在目标面前自动爆炸。它是一种彻头彻尾的军用武器，通常用在与武装士兵的战斗中，根本不适合被非法组织像放烟花似的在市区附近使用。我想刚才我们目击的交易现场，应该就是在走私这种武器。

如果是这样，那他们不可能让我们活着离开。

他们无论如何都会杀掉我们。

“辻村，你还有多少子弹？”飞鸟井躲在车后问道。

“只剩下几发了。”我看了看手枪答道。

“这样啊……不过我有个好消息。”飞鸟井先生看了开合桥一眼，“开合桥正好要升上去了，这样他们就过不来了。”

我看向开合桥，的确，桥从中央，也就是我把货物撞飞的地方变成了两半，正呈八字形缓缓上升，看来他们暂时不能开车过来了。

“的确是一个好消息。”我道，“这下子敌人过不来，只会在对岸不断向没有子弹的我们发射枪林弹雨，让我们无处可逃。太棒了。”

“真是太棒了。”

如果空爆弹再飞过来一次，估计车子就撑不住了。

要是他们绕过开合桥，从侧面给我们来个交叉火力，那我们也玩完了。

等开合桥重新闭合，敌人压过来，我们也是死路一条。

我就要死在这里了吗？

我在视野范围内的一角，看到货物从升上去的大桥裂缝中“扑通扑通”地落入水中。好多蔬菜和水果，还有更重的木箱，都坠落水里，溅起一片片水花。我脑子里冒出了无关紧要的念头——这下子不用赔偿那些被我碾坏的货物了。

从我当上特工的那一天起，我已经设想了无数次自己在枪击战中牺牲的结局，还曾经想象过自己是像电影里演的那样，在与人对战时死亡，还是惨不忍睹地死在肮脏的小巷中。因为我实在想了太多次，所以当真正面临枪弹与即将到来的死亡时，我反而没有什么真实感。

我真的要这样死掉吗？连异能都不使用，像个靶子一样被人射得稀巴烂，这就是我活了二十多年的结局吗？

明明母亲的仇人离我那么近。

我举起了枪。

我迅速从掩体后面伸出胳膊，同时开枪。

对岸的一名Mafia后仰着倒了下去。

我是特工。

这种程度的危机，只不过是电影高潮时经常出现的、为了让气氛变紧张的情景，谁会怕啊！

我看到对岸的人又举起了空爆弹发射器。

“喂！他们还想再来一发啊！”

我的表情未变，只是盯着手枪的前端。

“我要把它打下来。”

“你开玩笑吗？”飞鸟井先生叫道，“以时速七百公里飞过来的M25榴弹，怎么可能被手枪的子弹打下来！”

“试过才知道。”我将手枪对准了敌人。

要是能在发射的瞬间击中榴弹的话，就能引爆弹匣，将那一带的敌人全部解决掉。我已经想不到其他办法了。

敌人冲着我们举起了发射器，我也用枪口对准了他。

不要紧，这就是训练，只需要用正确的姿势击中静止的目标。如果是在训练里，我有绝对的自信可以做到。

对方盯着光学瞄准镜。不急，还不急。

海风陡然之间平静下来。转瞬而逝的、仅仅百分之一的寂静。

就是现在！

我扣动了扳机。

什么事都没发生。

我的心都提了起来。

子弹堵住了！

一定是刚才爆炸掀起的气浪把沙尘吹进了枪膛里，所以才拉不动滑块。

为什么，为什么偏偏在这个时候？

我从来没有看得这么清楚，敌人放在发射器扳机上的手指正在用力的样子。

不行，无计可施了。

一切都结束了——

然而那个瞬间并没有到来。

尽管我闭上了眼睛，咬紧了牙关，却没有等到气浪与冲击波。

我战战兢兢地睁开眼睛，只见对岸的Mafia正互相吼些什么，根本没看我们。

怎么了？出什么事了？

其中一人一脸苍白，正拿着手机说些什么，然后惊慌失措地向其他Mafia下了什么指示，接着所有人便大喊大叫地钻进了SUV里。

他们就这样走掉了，连看都没看我们一眼。

“我们……得救了？”飞鸟井先生从掩体后面探出头来。

“他们一溜烟逃掉了……”我放下了枪。

“可能是组织那边下什么命令了。”飞鸟井先生道，“为什么他们会在这种局势下回去？明明几秒钟之后就能把我们炸成烤鸡了。”

敌人突然撤退。以我的工作性质来看，不可能遇到这种突如其来的好事，除非有人在暗中帮我。

如果是这样，我能想到的只有一个人。

“不用猜，”我坚定地道，“肯定是绫辻侦探破坏了敌人的计划。”

“这是一个既简单又别具一格的脱逃把戏。”绫辻道。

他在京极的面前慢慢踱步，同时平静地陈述真相：

“逃脱口高达四米，没有垫脚物，一个高个子的男人最多也只能够到两米半，剩下的一米半要怎么办呢？”

绫辻横穿房间，将手放在连接小房间的门上。

“在一般的案件里，想要解开密室之谜，首先要寻找异样之处。比如非必需的双重门，没有必要的备用钥匙，进不去的地下室……这些都是附加要素，需要一个个地打破。相反，越是没有附加要素的简单房间，线索就越少。从这一点而言，这个密室算是个中翘楚。室内几乎没有什么杂物，只有尸体与房间。怎么办呢？既然没有异样之处，那就自己制造。”

“哦？”

一直沉默着当听众的京极露出了一抹微笑。

“这个密室里有一个房间，这就是异样之处。”

绫辻断言。

接着，他推开门，望着里面的小房间。

“大房间是一个高达四米的骰子，小房间是一个不到三米的骰子，利用勾股定理可知，边长不到三米的正方形的对角线大概有四米，这个数值与大房间的高相等。所以……只要这样做就行了。”

绫辻推开了小房间的门，然后伸出手抓住了墙上的门框上端，毫不犹豫地一把将它拽起。

小房间倾斜了。

“没有垫脚的踏板，却有房间，那么只要用房间来垫脚就好了。”绫辻继续用力，小房间渐渐以画在房间上的黑线为边界向前倒去。绫辻一边调整高度，一边谨慎地向后退。

“看着像黑线的地方其实是房间的关节。小房间的上部之所以是空洞，为的是给它变形的余地。在进入这个避难所之前，我看了上一层，是一个比这里更宽敞的空洞，如果下一层也是同样的构造，那么就会有多余的空间，而多余的空间就形成了那个空洞。正如你一开始所说的那样，小房间既是房间，同时也是一个‘匣子’。”

斜着倒下的小房间的上端正好卡在了四十五度角的位置，停了下来。

“这样就有垫脚的了。”绫辻道，“倾斜的踏板高度为四米的一半，即两米，轻轻松松就能够到了。而且这个踏板正好就在出口的正下方，只要踩在这上面，就可以够到天花板的出口。”

绫辻敲了敲踏板。倾斜的踏板比绫辻的身高稍高一些，角上正好有金属的加强骨架，很适合当落脚处。想要跳上去应该不会太难。

“漂亮！不愧是绫辻，不过——”

京极眯着眼睛看向绫辻，他的眼睛深处有什么东西闪闪发光。

“我知道你想说什么，想说我的推理不完整对吧？我还没说完，你给我听到最后。”

绫辻用手敲了敲倾斜的小房间的外侧。

“如果当警察进来的时候，现场是这种状态……也就是说，房间还倾斜着，就构不成什么密室了，谁都能看出逃脱之谜。所以就需要将倾斜的房间恢复原状。不过，这也不是什么难事。”

绫辻低下头，从倾斜的门进入小房间。

绫辻踩在地板上，他的体重让倾斜的小房间一点一点地恢复了原状。

“横躺在房间深处的尸体，扎在地上将尸体包围住的铁管碎片，它们存在的意义就在这里。”绫辻站在原本尸体所在的地方等了一会儿，就见小房间的倾斜角度慢慢减小，最终恢复成原来的模样。“铁管是为了固定尸体，不让它滚动而设置的。凶手使用小房间垫脚之后，利用被固定的尸体的重量，让房间自然地恢复原状。”

绫辻离开了小房间，站在京极面前。

“这就是……逃脱密室的把戏。”

“太完美了。”京极高兴地鼓了鼓掌，“没想到这么短的时间就让你解开了，‘杀人之匣’可是老夫满意的案件之一啊。”

绫辻不悦地蹙眉，“哼，要是我找到你与案件有直接联系的证据，就可以让你‘死于非命’了……”

绫辻环视房间。恐怕这个凶手也和其他犯罪者一样，自己冒出了杀人的念头，自己选择了杀人的方法。京极的‘杀人之匣’充其量只是一个装置，不可能把京极当作共犯列入异能范围之内。

对绫辻来说，这种情况已经重复过无数次。在这种情况下，京极是不可能失误的。

“那么就请你履行诺言，告诉我要怎么救辻村吧。”

“唉，真让老夫嫉妒。”京极从怀中掏出一张纸条，“这是袭击你助手的那群人的联系方式，以你的能力，有了这个就能轻松地阻止他们了吧。”

绫辻瞬间便记住了纸上的号码，然后从怀里拿出手机。

“这里没有信号，我去地上联系他们了。”绫辻背对京极，“事后我再追究你的问题，做好心理准备。”

“你这个侦探对老人一点也不温柔。”

“闭嘴。”

绫辻再次让小房间倾斜下来，然后踩着它轻盈地爬出了洞口。

“绫辻，我告诉你一件事吧。”

京极叫住了已经将手搭在出口上的绫辻。

“什么？”

“就算你救出了你的助手，你也已经输了。而且今后你将永远没有胜算，千万不要忘记这一点。”

绫辻稍微揣度了片刻，最终不耐烦地说道：

“我才不想要什么胜算，我只要你死。”说完，他爬上出口，“我很快就回来，你认命吧。”

绫辻单手拿着手机，小跑着穿过没有岔路的地下通道，他盯着屏幕，寻找有信号的地方。

直到他在地下通道跑了大半的路程，才终于收到了手机信号。他输入电话号码，拨打Mafia袭击者的电话。

电话接通了，绫辻没等对方开口就抢先说道：

“你们现在正在做的事已经传到了特务科的耳朵里。特务科的坂口知道直接联系你们首领的方式，如果你们不马上停止攻击，特务科就会把你们背叛的事告诉你们的首领。一旦被他知道，就算逃到天涯海角，首领直属的游击部队都会追到你们，把你们全部杀光。如果不想事情变成这样就快点停手。”

没等对方回答，他就挂断了电话。

这样一来，Mafia就没有追杀辻村和飞鸟井灭口的理由了，他们唯一的出路，就是停止枪击战，尽快逃跑。

“接下来……”

绫辻扭头，看向刚才走过的通往避难所的路。

剩下的就只有京极了。

他考虑了几种对付神经毒气的办法。虽说他是专门从事脑力劳动的，但也有足够的臂力制服一名老人，他之所以没这样做，是因为他优先考虑了辻村的安危，所以才配合对方玩了一个解谜游戏。只要让京极无法行动，接收到绫辻坐标的特务科的援兵就会赶来。而他要做的，就是在此之前制住京极。

绫辻在地下仅有的一条路上奔跑，回到了避难所。

但是，京极消失了。

“什么?!”

这一次，绫辻真真切切地发出了惊愕的吸气声。

这个房间只有一个逃脱口，他刚刚才推理过。出入口就是天花板上的那一个。前方的地下通道也是一条没有任何岔道的路，从绫辻离开到返回的这段路上，并没有任何可以藏人的地方。哪怕只有一点点不对劲，绫辻都能发现。

绫辻将大房间、小房间以及房间外的缝隙全部调查了一遍，但是都没有找到京极。缝隙的对面是混凝土墙，既没有第三个房间，也没有秘密通道。这个密室无比朴素，线索跟之前的一样——或者说，比之前的还要少。

密室逃脱的把戏。

绫辻不禁发出了一声呻吟。

这才是解谜的重头戏。

不倾斜小房间就不能碰到这个洞穴的出口。但是不通过洞穴，就绝对不可能逃出这个地下密室。京极既没有打破墙壁，也没有帮手，就这样从密室里凭空消失了。

越是朴素的密室，就越难解读。不过，这种异常的朴素已经超越了可以解决的极限。

绫辻伫立在房间中央。

京极最后说的话是什么来着？

——就算你救出了你的助手，你也已经输了。

如果不解开逃脱密室之谜，就会被京极逃掉。

千载难逢的好机会也会溜走。

绫辻像一尊雕像般伫立在房间里，一动不动。

良久，绫辻的拳头伴随着他的怒吼砸在墙壁上，地下通道里发出巨大的撞击声。

我和飞鸟井先生刻不容缓地跑入货船。

多亏了军警的干涉，货船已经被迫停止出航，“工程师”再也没有地方可逃了。

货船分为三层，下层装载拖车，中层装载商用车，上层装载货物。我觉得“工程师”现在应该已经不在跑车里了，于是我和飞鸟井先生分头行动，搜查各层，寻找“工程师”。我拿着手枪，用光了子弹的飞鸟井先生则拿着逃生时用来砍除障碍物的太平斧。

装载货物的上层非常大，木箱一直堆到天花板，而且一眼望不到边。这艘船是用来运输货物的，为了降低运输成本，船上基本没什么人，这里非常安静。虽然能从别的地方听到车子慢慢移动般的嗡嗡声，但因为太远，我不能清楚地分辨出那是什么声音。

我握紧手枪，谨慎前进。

这地方真让人不舒服。

到处都是能藏人的地方，比如堆积的木箱背后和用来运货的叉车背后。也有很多木箱大得可以装进一个人。如果这是在拍电影，那这里真是太适合坏人突然从主角特工的背后冒出来，给主角一个突然袭击了。说实话，我并不是很想进入这里寻找“工程师”。

我的枪口随时跟着视线移动。我持续前进。

这时，我突然听到了胶鞋摩擦地板的声音，本能的警告灯一下子跳到了红色。

“谁在那儿？”我用枪口对准那边叫道，“出来！”

在木箱的另一侧，靠近墙壁的地方，有一个黑色的人影正在移动。对方听到我的叫声后，急急忙忙要逃走。

“站住！否则我就开枪了！”

落荒而逃的人影吓得跌倒在地，嘴里还发出呜呜咽咽的呻吟声，听起来很没骨气。

“我明白，抱歉，对不起，我知道错了，我交代，我什么都交代，求你放了我吧，求求你……”

一个穿蓝衬衫的小个子中年男子在地上惊慌地叫着。

他不是“工程师”，难道是这艘船的工作人员？

不对——

“那个高尔夫包，是‘工程师’的吧？”我用枪口指着男人试图藏在背后的黑色背包，问道。

“这，这这这是……”蓝衬衫的男人想用身体挡住高尔夫包，又跌了一跤。

“那个包的主人呢？”

“我，我不能说。”男人脸色苍白地迅速摇了摇头。

我没有说话，将枪口又伸过去几分。

“呜……好吧！我招，别，别开枪！”小个子中年男人像个孩子一样不停颤抖。

总觉得……我应付不来这种人。

男人瑟瑟发抖地将高尔夫包推到我面前来。

“这个是逃生者的行李。我让他坐车到这艘船上来之后，藏在我指定的地方。他就是在那个时候把这个行李给我的，让我帮他扔进海里，虽然这个并不在委托内容里，但在这种紧急关头我实在是……”

“慢着，等一下。”我伸手打断了他的话，“逃生者？就是指‘工程师’吗？藏在你指定的地方是什么意思？”

“因为那是‘助逃贩子’的固定流程嘛。”

“‘助逃贩子’？谁？”

“我！”

中年男人微笑道。

我突然觉得举着枪的手好累，电影女主角的气氛像泡沫一样被“噗”地戳破了。

“这艘船已经被警方中止出航了。”我放下手枪，“被你放跑的

‘工程师’根本逃不掉。快把你藏委托人的地方告诉我。”

所谓的“助逃贩子”，是用非法手段帮助委托人逃到远方的一种非正当职业。他们会为委托人准备护照，并且为他们在逃亡地的生活提供援助。在这个奇人异士百出的异能犯罪时代，这个职业在黑社会相对较受欢迎。有的人也会兼职做走私危险品的搬运工，不过这种助逃贩子一般都会用军火把自己严密武装起来。从这个男人没有佩带任何武器来看，他应该是专门做这一行的。

被我一命令，男人“哎呀”了一声，害怕地走了起来。

走着走着，可能是有点精神了，男人就开始滔滔不绝地对我说起来：

“他从车上下来之后，我就让他混到货物里去了。要是藏在大集装箱或拖车里一定很容易就被人找到，所以我让他混到精密仪器和食品里去。那种木箱一旦被撬开，商品就很容易坏，搞不好还要赔偿，所以就算是警察，一般不到最后也不会碰它们的。以防万一，我把木箱弄成了双层的，然后让他躺在木箱的下层，就把自己当成，那个，咸鲑鱼似的。你知道什么是咸鲑鱼吗？”

我没有回答。

“总之，就在那边，那个逃生者就在那个木箱里……”男人得意地指着如山的货物，下一秒却发出了奇怪的声音：“咦？”

“怎么了？”

男人突然惊慌失措地看了看四周，然后说：“没了。”

“什么？”

“这堆货物从上面数的第三个，应该是五十八号木箱。好奇怪啊，我记得我就把木箱放在这里了啊。可是五十七号和五十九号都在，唯独少了五十八号。被妖怪抓走了？”

“难不成……他听到了动静，逃跑了？”

“可是箱子也不见了啊。要是他察觉到有危险，会抱着箱子一起逃跑吗？那箱子可不轻啊。”

他说的没错。摆放在这里的木箱可以轻轻松松地装进一个人，先不说重量，这个大小也不适合一个人搬运。而且木箱都是堆在一起的，五十八号的上面应该是五十七号，但那个箱子没有任何异样，并不像被人移动过。假设他听到了我们和Mafia交战时的声音，他会把压在自己上面的货物仔细地摆放成原来的样子再逃跑吗？

就在这时，我的手机突然响了。

我掏出手机，看了一眼来电人，是特务科的坂口前辈。

“您好，我是辻村。前辈，关于逃亡中的‘工程师’……”

我话刚说到一半，就被电话那头的坂口前辈打断了：“辻村，你那边的调查可以结束了，回来吧。刚才军警的侦查员已经找到‘工程师’了。”

“咦?!”

我吃惊地紧紧握住手机。

找到了？

可是，“工程师”应该在这艘船上，正打算逃往国外啊……

“那他，那个‘工程师’已经被抓到了吗？”

“嗯。”坂口前辈道，然后沉吟了片刻，“辻村，请向绫辻侦探传达下一个指令。我希望他能以侦探的身份，查明‘工程师’身上发生了什么事。”

“什么意思……‘工程师’不是已经被找到了吗？”

我们说到这里，我终于反应过来坂口前辈委托绫辻侦探调查的原因了。

果然，下一刻我就听到了坂口前辈平静的声音：

“被找到的，是‘工程师’的尸体。”

我的眼前有一扇门。

漆黑且沉重的小门。

那是一扇平凡的铸铁之门。没有装饰也没有把手，似乎只要关上就再也打不开。

而这扇门已经不幸地关上了，再也无法打开。我永远都无法到达门的对面，永远无法看到那里的真相。

我慢慢睁开眼睛。之前还映在眼睑内侧的幻象之门消失了。

铁门不是现实中的东西，它只存在于我的眼睑里。门已经被关上了。没有人可以得知其中的真相。

我睁开眼睛，看到了被冲上海岸的尸体。

这里是一个狭小的海滩，距离Mafia的港湾并不算远。尸体就像一个肮脏的垃圾袋，被海浪冲到了岸边，周围全是侦查员与法证部技术员。

所有人都没闲着，都在认真地履行自己的职责。想来也是，这具尸体和那些身份不明的遗体可不一样，因为他是动手杀害副局长的凶手，是军警和特务科赌上名誉，一直追踪的连续杀人犯——“工程师”。

离尸体最近的是面无表情的坂口前辈。他居高临下地看着“工程师”的尸体，就像在看一个被人丢弃的旧空瓶。

“他已经死了一段时间了，而且尸体严重受损。”坂口前辈瞥了我一眼，说，“在法证人员没有鉴定之前，特务科也很难得到更多的情报。”

正如坂口前辈所说，尸体的损坏程度实在太奇怪了。光看这具尸体，我根本不确定他跟那个“工程师”是不是同一个人。尸体全身没有一处完好的皮肤，好像有什么沉重的东西狠狠地砸过全身，把尸体砸得稀碎，能骨折的地方似乎都骨折了。而且他身上有无数伤痕，就像全身的皮肤都被扯裂了一般。看起来应该是在激烈的攻击下毙命的。

法证人员过来了，说尸体的指纹与久保留在车站的指纹及他偷走的那辆跑车上的指纹都一致。

久保似乎就是“工程师”的真名。

那么，他的确是久保——“工程师”本人。

将我母亲引向凶手之路的、唯一认识母亲的人。

这个男人的尸体就在我的面前。

我究竟该做出什么样的表情呢？

这具被冲到海岸上的尸体是被附近钓鱼的人发现的。具体的死亡时间要等解剖之后才知道，不过从他下巴肌肉的僵硬程度与尸斑的情况来看，他应该只死了两三个小时。

正好是我和Mafia展开枪击战的时候。

也就是说，“工程师”久保刚上船就被杀掉了。

我思忖片刻，说道：

“在这么短的时间里杀掉‘工程师’久保的，应该是事先知道他逃亡计划的人。换句话说，是和京极杀害副局长的计划有关的人。”

“或者是，京极本人。”坂口前辈点点头，“对京极来说，久保也只是棋子之一吧。辻村。”

“在。”

“我之前也说过，这起案件是特务科最重要的案件。为了不在权力斗争中输给司法省，我们无论如何都要找出杀害副局长的真凶，并证明他的罪行。而在现在这个时代，不管是证物还是供词，都有捏造的可能，要证明它们绝对真实，就只有使用异能。你明白吧？”

我点点头，前辈继续说道：

“杀害久保的人，除了一直利用他的人之外我想不到其他人。”前辈道，“那个人就是杀害副局长的幕后黑手，极有可能是京极。但我们不能确定就是京极，不过是不是他都不重要。”

“不重要？”我有点意外。

“对，重要的是，杀害副局长的幕后黑手不是特务科，我们只需要证明这一点就够了。而能够证明这一点的，目前来看只有绫辻侦探。”

原来如此。

“我要委托绫辻侦探杀掉杀害久保的凶手。”坂口前辈斩钉截铁地说，“绫辻侦探的异能与其他异能者的发动原理完全不同。他的异能只有在绝对真实的情况下才会发动。换句话说，找出假凶手和推理失误得出的错误答案是不会让死亡异能发动的。而这个条件，就能从结果上证明‘死于非命’的人绝对是凶手。”

那是拥有上帝视角的异能。

其他异能者的异能几乎都只能反映异能者的主观意志，但是绫辻侦探的异能不同。绫辻侦探的异能是完全客观的，只有面对真正的凶手，才能够发动。也就是说，它可以完全排除冤案。绫辻侦探的异能之所以受人畏惧，并且被大家认为具有危险性，是因为这个世界不是非黑即白的，总会有一些心照不宣的龌龊。而他的这种“绝对真实性”在这样的世界里就成了记录绝对正确的珍稀异能。

所以特务科才会委托侦探。

不管他的异能有多么危险。

“这是最重要的指令。”坂口前辈道，“倘若他拒绝接受、推理错误或未能在指定期间内解开谜题，特务科就会对他采取针对特一级危险异能者特别设置的措施。这一点也请绫辻侦探务必铭记于心。”

针对特一级危险异能者特别设置的措施，也就是“处分”。

“没问题的，”我道，“刚才绫辻侦探跟我说，他在智力比试中赢了京极。这次的‘工程师’被杀之谜，侦探也一定能揭开真相。”

没错，肯定没问题的。

侦探目中无人，冷酷无情，永远充满自信，怎么会有绫辻侦探解决不了的案件呢？

这是不可能发生的事。

【 】

绫辻怔怔地伫立着。

轰隆隆的瀑布声震耳欲聋，将他的听觉从世界中隔离；梦幻般的青白水雾不断冒出，将他的视觉从世界中隔离。

这里是瀑布的深潭边。

绫辻曾经与京极对峙、交锋，然后京极坠落——这里就是他掉下去的地方。此时的绫辻正沉默着，茫然地站在这里。

他在寻找出口——离开谜团的出口，离开陷阱的出口。

绫辻不顾膝盖会被弄湿，直接踏入了深潭的水中。冷水浸透了衣服，夺走他的体温。

然而他只是白费力气。

根本没有什么出口，根本没有什么解决方法。

陷阱已经被关上了。

——杀人侦探，你是赢不了老夫的。

——这是一场你注定败北的战役。

“原来是……这么回事啊。”

绫辻自语道。

苍白的肌肤，苍白的唇。

绫辻那曾经震慑了无数凶手的冰冷彻骨的杀意，如今仿佛对他自己露出了獠牙。

“原来是……这么回事吗，京极？”

绫辻又往水里走了走，走向深潭的深处，水雾的源头。

眼下的局势本身就是一个密室，这是一个能进不能出的恶意密室，京极的必杀计谋。

绫辻毫不顾忌地将手伸进水里，被水淋湿了全身。

最终，他在水底找到了自己的目标，并将其捡了起来。

绫辻冲着微弱的阳光举起了它。

一枚散发着黯淡光芒的铜币。

“全部……解开了。”

绫辻喃喃自语。

“谜题也好，你的计谋也好，我已经全部弄清楚了，京极。”

绫辻口中吐出的每一个字仿佛都染着鲜血。

所有的秘密——

坠落瀑布的京极是怎样生还的；绫辻的异能“死于非命”为什么无效；水井的真面目；他为何要驱使“工程师”；他是怎样从地下之匣那个密室中消失的……

“原来是这样啊，京极，败北原来是指这个意思。”

——你已经输了。

绫辻脑中浮现出京极的笑容，以及它的真实含义。

绫辻抬起下巴仰望天空。在水雾的遮掩下，阳光既朦胧又遥远，他仿佛是从水底看着这世界，一切都显得那么虚无缥缈。

“你说得没错，京极。”

绫辻的声音听上去像在喘息。他的语调不像捕食者，而像猎物；

不像蛇，而像鼠。

绫辻静静地闭上了眼睛。

“是我……输了。”

【 】

飞鸟井坐在桌边。

他没有碰面前的酱菜，而是一言不发地想着什么。

周围的人依然很忙碌。要处理的事情包括港口的枪击战以及“工程师”之死，侦查员要做的事还有很多很多。

这时，电话突然响了。

飞鸟井盯着桌上的电话。怎么回事？这个响法很陌生。发生凶杀案时有凶杀案的响声，发生盗窃案时有盗窃案的响声。飞鸟井的特技就是可以从电话铃声中判断电话的内容。然而这次他没听出来，他从未听过这种响声。

在铃声响了三次之后，飞鸟井放弃了思考，接起电话。

来电人很让他意外。

“绫辻侦探？”

飞鸟井把电话拉近了一些，仔细听对方说话。

“是的。咦？因交通事故而性命垂危的医院患者的名单，是吗……没问题，我立即就可以为您准备。”

绫辻侦探事务所里传来砍肉的声音。

刀刀都透露着持刀者的固执，宽刃的刀子无数次冲肉与脊梁骨中间的缝隙砍下。

我假装自己没听到，只将视线落在文件上，就像我在心无旁骛地阅读它一样。

刀尖陷入脊梁骨与肋骨之间的缝隙，动作干脆利落，冷酷无情，只能听出默默行刑的义务感。

握刀的人是绫辻侦探。

我悄悄瞄了他一眼。侦探还是一如既往地面无表情，但又与平时有些不同，在他冰冷的表情背后，隐藏着刻意扼制住的情绪。不过我并不清楚那种情绪是什么。

侦探用刀尖将薄膜从肉上剥离，他把这件事做得安静又仔细。

然后他将刀尖刺入露出来的脊梁骨与肋骨的接合处一拧，就把它们拆开了。骨与骨分离时发出的嘎吱嘎吱声在事务所里清楚地响起。

我又看了他一眼，然后想：“剁羊肉也不必用军用刀啊，用正儿八经的切肉菜刀不是更好？”

“侦探。”我叫了他一声。

绫辻侦探没理我，只是专心致志地刮去肋条上残余的皮肉。

侦探心里应该很清楚，他必须阅读现在我手里拿着的这份军警报告书。上面记录了“工程师”久保的身世、船上遇到的“助逃贩子”的身份、船内部的监控录像。侦探要做的不是剁羊排，不是削土豆当配菜，也不是切碎香草和大蒜，而是解决案件。

“侦探，您好歹听一下啊。”我冲厨房的绫辻侦探叫道。

“用香草做底料你不介意吧？”绫辻侦探一边做菜，一边道。

“现在不是忙着做饭的时候！”

我的叫声让绫辻侦探停下了切菜的动作，然后他目光凶狠地看着我。

“呃……我最喜欢香草了。”

侦探点点头，继续切菜。

我的脑袋里同时响起了两个声音。一个声音叫着：“现在不是考虑底料的时候，您要快点把案件解决掉啊，否则会被‘处分’的！”另一个声音则惊讶地叫：“咦，这么说我也可以一起吃了？”

我在这边默默地陷入天人交战，侦探那边已经剥好蒜，用刀拍碎后细致地揉进肉里。然后他在肉的缝隙中塞入粗盐，再撒上磨好的黑胡椒，接着将刚切好的香草放在肉上面，淋上橄榄油。

看他做到这里，我终于挣脱了佐料香气释放出来的魔咒，恢复了正常，说：“请听我说。那个助逃贩子已经全部交代了，他从匿名的委托人那里收取了金钱，打算帮久保逃到国外去。”我想起了在船上遇到的那个格外谦卑的穿蓝衫的助逃贩子，“因为委托人藏首藏尾的做法在社会上并不少见，所以他也并不觉得对方可疑。”

说到这里，我停了一下，观察绫辻侦探的反应。

绫辻侦探还在做菜，只说了一句“我在听”。

所以我继续道："在车站见到久保的时候，我觉得他本人似乎事先并不知道有人要帮他逃到国外去。也就是说，久保不是付钱的委托人。而且，助逃贩子将如何帮助久保逃跑的方法详细地告诉了'匿名委托人'，这就表示那个'匿名委托人'很有可能把装着久保的木箱偷了出来，然后在别的地方将他杀害了。"

那个"匿名委托人"就是杀害久保的凶手吧？

这就是我从侦查资料中做出的推理。

"没有矛盾之处啊。"绫辻侦探道。

"是吧？"

我果然是个优秀的特工。就算不借助侦探的力量，也能推理出这种简单的事。

绫辻侦探打着了平底锅下方的火，然后倒入橄榄油用大火加热。接着调成中火，放入肉，再放入蒜片，烤成焦黄色。

香味刺激着我的胃。

可是我身为一流的特工，不能被这种程度的香味就勾走思绪，分散注意力。

"还有什么？"

"咦？啊，您说什么？哦，还有什么啊。嗯……对了，粘在遗体伤口上的木屑，与助逃贩子准备的木箱材质一致。也就是说，久保要么是在木箱里被杀的，要么他被杀的瞬间就在木箱上或木箱旁边，这个可能性很大。另外，我还把船里的监控录像洗出来了。"

我将资料里的一张照片递给绫辻侦探。

"在我们进行枪击战的时候，有一辆面包车从船里开了出来。"

照片上是一辆白色的小型面包车。载货的部分没有窗户，所以看不到里面的货物。

“能把装着久保的木箱运出去的只有这辆车。不巧的是，从这个录像的角度看不到司机的脸……要是查到司机是谁，一定能找到杀害久保的凶手。恐怕他就是安排了助逃贩子的委托人，也是操纵久保的幕后黑手吧。”

我说着，脑子里浮现出了一个人。

京极，妖术师，操纵犯罪者的人。

这样一来，事情就能结束了。我和绫辻侦探一定会和那家伙奋战到底，了结一切。

可是，绫辻侦探下一句说出来的话，却与我的决心完全相悖。

“不对。”

我盯着绫辻侦探，说：

“什么？”

“你是不是觉得……那个司机是去找京极了？不对。杀害久保的凶手，只是一个普通人。”

“可是！”

“你看桌上的照片。”

我顺着侦探的视线望去，看到了办公桌上的照片。

“架场久茂。在大学工作的教员。他就是杀害久保的凶手。”

“咦？”我困惑不已，“您已经找到凶手了？”

我连忙拿起那张照片。

那似乎是一张证件照。上面的人脸的确很像研究学问的人，有一种独特的沉稳感。年龄在三十岁左右，看上去既不像阴险狡诈的人，也不像崇尚暴力的人。

就是这个男人把久保打成那副样子，然后杀了他？

“你的推理虽然不差，但并不是真相。这个人事先就知道久保杀了人，也知道他的逃亡计划。他等久保进入木箱后，将木箱搬到船内不起眼的房间里，用铁棍从箱子上方殴打久保致其死亡。最后将尸体扔入海中。”

从船上将尸体扔入海中。

这样的确不会被监控录像拍到搬运木箱的瞬间。

可是……用铁棍把人打死？凭人类的臂力，真的可以把人体打成那副样子吗？

这个解释，总觉得和侦探平时解决案件的那种劈波斩浪般的鲜明风格很不一样。

“可是……如果凶手与京极无关，那他的动机又是什么呢？”

“复仇。就是你也知道的，囹圄岛杀人案。”绫辻侦探道，“架场的朋友是被杀的游客之一。”

“咦……”

囹圄岛杀人案中，久保是其中一名凶手，也是团伙中的灵魂人物。

“接下来就要调查架场是如何独自找到久保的。做好了，你去拿盘子。”

“请……请等一下。”我慌忙打断绫辻侦探的命令。

“如果侦探说的没错，那我们就应该立即将凶手交给特务科！

这是很重要的任务。如果侦探没能解决案件，就会被处分的。而且如果不立即行动，我担心凶手会逃跑……”

“凶手不会逃的。”

我刚想问为什么。

可是绫辻侦探眼中散发出的寒意，让我在问之前就明白了原因。

“他已经‘死于非命’了。”

这是无视一切因果，让凶手死亡的异能。

“我调查了架场的家，并且发现了带血的铁棍。之后还查了查他的周围，发现了窃听的迹象。既然已经找到了这么多证据，就不需要找出凶手了。架场在东京市内的高速公路上，被一辆司机疲劳驾驶的大卡车撞死了。”

绫辻侦探的异能是不会出冤案的。

因此，要是名叫架场的那个男人死于非命了，就绝对可以证明他是凶手。

“我明白了。”我道，“把盘子拿出来就行了吧？”

我在餐桌旁走来走去，摆好餐具。

“我有点担心。”我一边摆着餐叉与餐刀，一边道，“与京极直接对决之后，侦探好像有点奇怪。我还以为您一点也不想解决案件了呢……不过今天做的羊排，是为了庆祝我们成功解决案件吗？”

“我们？绫辻侦探将香喷喷的羊排盛入盘子里，很是意外地说，“为什么要把你自己算上？”

“咦……咦，咦？”我下意识地做了几个奇怪的动作，“请等一下，您今天做的饭菜，是我们两个人一起吃的吧？”

“非常不好意思，这怎么看都是一人份的。”

侦探举起平底锅让我看。

“咦，可，咦……那一直忍受着肉与蒜的扑鼻香气，垂涎欲滴地拼命在这里摆盘子的我，到底算什么……”

“你希望我告诉你，你究竟算什么吗？”

绫辻侦探一把将平底锅伸到我面前。

“啊啊啊啊啊！”我下意识发出奇怪的叫声。

绫辻侦探又把平底锅冲我的脸伸了伸。

“啊啊啊啊啊！”我再次下意识地发出了奇怪的叫声。

“我告诉你，你就是绫辻侦探事务所里负责搞笑的。”

我“扑通”一声跪在地上。

我的意识渐渐远去，肚子咕咕作响，视野微微模糊起来。

在我即将失去意识之前，我隐约看到终于开完玩笑的绫辻侦探从厨房里端出了早就烤好的另一人份的肉，但已经太晚了。

极品羊肉摆在眼前却不能吃的打击让我的意识陷入一片黑暗，整个人都倒在了地板上，而这副模样也被照相机拍了下来。

顺便补充一句，羊排真是太好吃了，让我不由得发出了奇怪的叫声。

为什么当时我没有对侦探刨根问底呢？

我觉得很不对劲，哪个地方有一点矛盾。如果拼命追查，应该可以得出原因。

为什么当时我没有踏出那一步呢？

要是我能更聪明一点，应该就可以看穿侦探那致命的异样。

为什么我没有那么聪明呢？倘若我有京极和绫辻侦探预测未来能力的十分之一，事情就不会变成那样了。

可是现在，一切都晚了。

当天夜里，绫辻侦探从监视部队的眼皮子底下消失了。

而且再也没有回来。

第六幕 异能特务科 秘密据点

清晨 晴朗

“凶手不是架场久茂？”

我不由自主地在会议桌前探出身子。

“非常遗憾，我们不得不做出这样的结论。”

坂口前辈用指尖推了一下圆眼镜，说道。

我们现在在特务科秘密基地的作战会议室里，会议室设置在地下，需要使用电梯才能到达。在室内白色的墙上挂着一个巨大的屏幕，上面显示着各种信息。

“绫辻侦探失踪后，为了印证绫辻侦探的推理，我们又重新调查了久保被害案。”坂口前辈翻了翻手边的资料，“然后我们得知，架场在车祸后被送往医院的时候，发生了一点意外。”

架场——绫辻侦探一口咬定的杀害久保的凶手，被他用异能杀掉的大学教员。

然而我听说，架场在车祸后被送往医院，过了大概三个小时才死亡……

“这是我们从负责运送他的救护人员那里得到的证言，警察认定的事故时间与实际时间是有差异的。因为载着架场的救护车在第一个医院被拒收了。”

“拒收？”

“听说是因为外来救护把床位占满了，所以他们无奈之下只好去了十六公里外的中央医院。"坂口前辈指着地图道,"架场被送到那家医院后很快就死了。特务科详细调查了医院，这种拒收其实很常见，并不是人为导致的。"

我在大脑中整理了一下坂口前辈的话，然后问:"可是……我觉得这并不是什么特别重要的信息，这和绫辻侦探的推理有什么关系吗？"

"救护车多跑了十六公里。如果把这段路程的移动时间算成半小时左右，架场出车祸的时间就与久保驾驶的跑车上船的时间几乎一致。"

"咦……"

这也就表示……

架场"死于非命"的时候……久保还活着?

"可是，绫辻侦探的异能……"

我拼命整理自己的思路。绫辻侦探之所以能让架场"死于非命",是因为架场杀了久保。可是在架场出车祸的时候,久保还活着。这就说明……

"我们只能得出这个结论。"坂口前辈斩钉截铁地说,"架场只是单纯地死于车祸，与绫辻侦探的死亡异能没有任何关系。而且，死于图圄岛的被害人里，没有一个人跟架场有交情。也就是说，他是绫辻侦探捏造的假凶手。"

"怎么会？"我继续追问,"可是，侦探说在他家里发现了带血的凶器……"

"如果是绫辻侦探，应该很容易找借口从尸体身上得到指纹和血液，然后伪造假的凶器吧。”

我顿时语塞。前辈说的没错。只要侦探找个借口，他就能从停尸房弄到血液，然后就可以以勘察为名进入架场的家，放置伪造的凶器。这么简单的伪装，侦探闭着眼睛都能做到。

可是……为什么？

绫辻侦探为什么要这么做？

“现在的情况非常难办。”坂口前辈蹙眉道，“绫辻侦探不顾特务科的委托，捏造凶手，还在我们的监视下消失了。不管有什么理由，这种重大的渎职行为都是说不过去的。虽然我已经直接请示过种田长官，在没有调查清楚原因之前，希望特务科可以暂缓对他的处分，但也拖不了太长时间。十二个小时之内还没有一个能让人接受的理由的话，恐怕绫辻侦探就要被下令‘处分’了。”

处分——当特务科判断特一级危险异能者脱离掌控时下达的处置。

“辻村，我要你以特务科特工的身份去做一件事。”坂口前辈站了起来，一脸严肃地说，“请在十二个小时之内找出杀害久保的真凶，并查出绫辻侦探做伪证与出逃的原因。如果没有做到……”

坂口前辈欲言又止，但是片刻后他又抬起头，说：

“特务科应该会向你下达击毙绫辻侦探的命令。”

找出真凶……现在只剩下这一个办法。

久保是在木箱里被人运走的，几个小时之后，被殴打得遍体鳞伤的尸体被人发现。这一切是谁做的？我必须代替背叛了特务科的绫辻侦探找出答案。

也就是说，我要变身成侦探。

辻村深月侦探。

说实话，我心里很郁闷。

如果不是在这种情况下，侦探这个身份还会让我觉得挺跃跃欲试的。可是我作为侦探接到的第一起案子，就让我恨不得把它埋在后院，永远从记忆里删除。

要我代替绫辻侦探解开他抛出来的谜题——

我怎么可能做得到？我真恨不得在地上滚几圈。

这起案件疑点重重。为什么绫辻侦探要背叛特务科？谁才是母亲的仇人？是谁杀了久保？他的目的又是什么？

这不仅仅是特务科派给我的工作，也是我个人非常想弄清楚的问题，所以我不想把解谜的任务交给其他人。

不过，有一个现实的问题摆在我眼前——要怎么做侦探？

我想起绫辻侦探的工作。我曾经以监视为名和侦探一起去处理过几起案件，因此曾近距离地观察过侦探接受委托后是如何调查、推理、得出真相的。

如果是侦探，在这起案子中他会首先调查什么呢？

首先应该去调查那名助逃贩子吧，我推测。

偷出木箱、杀掉久保的人肯定事先知道久保会进入哪个木箱。也就是说，他与为久保准备木箱的助逃贩子之间有着某种联系。

因此，我决定再去会一会那个在船上遇到的助逃贩子。

在军警特殊看守所里的接见室中，所有的东西都被刷成了灰色。

从地板到墙壁、天花板、窗框和桌椅，全部刷上了灰色油漆。屋里没有任何灰尘与污迹，看来他们给清扫这里的优秀囚犯配置的工具很是周到。

我在室内东张西望，接着便看到通往牢房的门打开，看守和那名助逃贩子走了出来。

“哎呀，姑娘！好久不见了啊！你今天也很漂亮嘛！”穿着囚服的助逃贩子露出了与这里格格不入的灿烂笑容。

“你好。”我点头打了个招呼。

助逃贩子笑眯眯地坐在了对面的椅子上。

“我做这行很久了，但还是第一次蹲班房呢。哎呀，真是个安静的好地方。不仅有吃的，看守也都是好人。最重要的是，不用工作就有饭吃，简直太棒了。我可是最讨厌干活的，干脆一辈子都住这儿吧。”

“咦？这个……你高兴就好。”

一和他说话，我就觉得脑子乱糟糟的。

“话说回来，姑娘，你今天是来干什么的？啊，难不成是来听我讲我捕捉比婆猿的故事的？”

“不是。”比婆猿是什么东西？“你是最后一个见到久保的人，我想来问一下当时的情况。”

这个助逃贩子在见到我之后不久就被侦查员逮捕了，然后便被军警严密监视着。也就是说，他是不可能打死久保的。虽然现在还不能确定他完全清白，但他的证词应该有一些参考价值。

“情况啊……”助逃贩子抓了抓耳朵后面，“我就是让他钻到木箱里去，然后在外面上了锁而已。”

“你……上了锁吗？”这样做，久保不会生气吗？

听我一问，助逃贩子挥了挥手。

“我又不是安排他们去度假的。比起舒适的海上之旅，当然是安全第一啦。曾经有一次，被关进箱子里的委托人有幽闭恐惧症，他大吵大闹起来，结果被警卫人员发现了。当时的委托人连人带箱子都被沉到海底去了，太可怜了。从那之后，我都给委托人先下点药让他们睡着，以防他们闹腾，然后再上好锁。”

“下药？”

“防晕船的药，不过这个名字是假的啦。”助逃贩子“嘿嘿嘿”地笑了，“但是我运的那个人……叫久保是吧？我觉得就算我给他吃安眠药他也不会生气。毕竟在那么狭窄的地方，要是一直醒着不是会很不安吗？而且他还主动跟我说‘我知道哪个箱子最安全’，还是他自己钻进去的呢。”

“他自己选的？”我挑眉道。这个情报应该很重要。

“对。”助逃贩子点点头，“我平时都是随便把委托人塞进某个箱子里的。不过既然委托人自己有这个意愿当然最好了……按久保说的，那个货物好像是什么危险团伙的东西，要是有人敢随随便便把他们的货物打开，第二天就会变成尸体漂浮在海面上。别说是黑社会的人了，就连船上的乘务员都不会靠近那里，所以才最适合藏人。然而实际上，他藏进去没多久就变成尸体漂浮在海面上了。”

助逃贩子夸张地抖了起来，一边抖，一边叫“好可怕好可怕”。

怎么回事？我拼命转动头脑。久保乘列车逃跑的时候，应该从京极那里得知了详细的逃跑方法，是京极让他逃到那艘船上，并且告诉他船上有助逃贩子以及哪个才是“最安全的箱子”。

可是正如助逃贩子所说，那反而变成了最危险的地方。久保最终与那个箱子一起被搬走，并被杀害了。究竟久保藏在了哪个箱子里，这个情报又是怎么泄露出去的？

不对。

从一开始，京极是不是就打算杀掉久保呢？

在知道“水井”情报的人之中，久保是与京极关系最近的人。如果让他活着，对京极肯定很不利。因此京极就以帮他逃跑为名，让他藏在了指定的箱子里，并将其杀害。

唔……

总觉得不太对劲。

不对劲的地方有两处。如果杀害久保的凶手是京极，或者是京极的手下，那绫辻侦探为什么要放弃侦查呢？简直就像要包庇京极似的，甚至还捏造了假的凶手。对侦探来说，这明明是一个对京极穷追猛打的好机会。

另一处就是，为什么京极要安排这样一个拐弯抹角的陷阱呢？还准备了助逃贩子这样的第三者。如果想杀久保灭口，他应该可以想出无数个更简单的方法，例如在列车上设置炸弹之类的。

“那么那个货物——因为久保藏进去而不幸被抛弃的木箱中原本的东西呢？”

听到我这么问，助逃贩子闪着纯洁的眼睛说：

“被警察没收了。”

看来还是由特务科去调查那个被没收的木箱比较好。

“谢谢你的帮助。”我从椅子上起身，“没什么忘说的吧？”

“有啊。”

我转头看向助逃贩子。是很重要的情报吗？

他双颊通红，手肘撑着桌子，不好意思地开口道：

“比婆猿……”

“这个就算了。”

我毫不犹豫地离开了那里。

【　】

我展开资料，靠在侦探事务所的桌边，陷入沉思。

桌上杂乱地摆放着侦探失踪后我收集到的情报、资料与照片等物品。包括从船上的现场得到的情报、被没收的货物、助逃贩子和久保的成长史。

跟我在看守所谈话的助逃贩子在久保死亡的时间有不在场证明。我问过对助逃贩子这个职业很了解的军警反社会组织监视小组，听说因为这次案件，那个助逃贩子的信誉一落千丈。毕竟他负责护送的久保死了，他自己也被警方逮捕。“这对助逃贩子来说，应该是很严重的信誉问题吧。”负责这件事的侦查员如是说。

这就表示，这次的案件对助逃贩子有百害而无一利，他不太可能暗中积极地与京极合谋。如果他事先知道了犯罪计划，应该会处理得对自己更有利。

接下来是关于木箱的名义人。久保以“安全”为借口指定的那个货物预定送往海外，而相关的手续都是以个人名义完成的，上面登记的名字是佐伯。但是军警去过登记的地址，发现那里已经人去楼空，只有电话里存着一条留言:“被警察发现了。把东西放在指定地点，然后毁了它。”

警方对这个名叫佐伯的人详细调查后得知，他是某组织底层的搬运工，也是一个给走私品装货的罪犯。而进一步调查那个组织，名为Mafia的走私组浮出了水面。

Mafia，果然是他们。

当听到助逃贩子说“要是随随便便把他们的货物打开，第二天就会变成尸体漂浮在海面上”的时候，我就预料到了。

如果久保认为，既然是Mafia的货物那肯定安全，我不得不说他真是犯了一个巨大的错误。我们在那个港口与Mafia展开了激烈的汽车追逐战，就因为我们不小心看到了他们的交易现场，所以他们要杀我们灭口。而发生了这么大的事，几个小时之后警方肯定会对Mafia的货物进行彻底调查。

也就是说，久保被骗了。

这有什么意义呢？

“啊……完全搞不懂。”

我瘫在椅背上，看向昏暗的天花板顶扇。它只是默默地俯视着下方，俯视着已经失去了主人的事务所。

侦探这种活真不适合我。

如果是绫辻侦探，肯定能在眨眼之间解开这种谜题。

绫辻侦探现在究竟在哪里呢？

他抛下事务所，到什么地方去了？他为什么要背叛我们？

我之所以会被分到绫辻侦探事务所，完全是出于个人意愿。侦探可能不知道，当时我已经查到他就是用异能杀掉我母亲的人。所以当我还是军警的训练生，收到异能特务科的邀请时，我同意加入的条件就是“接近那个名叫绫辻的侦探”。在那之后我又接受了无数的训练，这才正式被任命为绫辻侦探的监视人。

我曾经想问他很多问题。在以杀人犯的身份“死于非命”之前，我母亲是什么样的？她真的坏到了非杀不可吗？但是我没有问。因为我觉得我随时都可以问这些，所以一直在逃避。

说不定，我再也问不了了。

事到如今……我居然这么在意母亲的事。

“什么啊，真是的……妈，你都死了，就别让我这么烦恼了啊……”

母亲因为工作几乎不回家，我每周只能和她说一两句话，而且还都是家里的工程怎么了、车子怎么了这种事务性的交流。日常生活中全由保姆来照顾我。除了朋友之外，我与保姆在一起度过的时间最长。

有一天，我想问保姆能不能吃碗柜里的饼干，不小心把她叫成了“妈妈”。刚叫出口时我就想“糟了”，保姆也一脸为难地看着我。

而那个时候，我真正的母亲就站在门口。

她不可能没听到我的话，但她像什么事也没发生似的走进来，换衣服，去书房工作。仿佛对我的口误没有一丝一毫的在意。

其实那个时候，我多希望她能发火。我希望她不高兴，拿我和保姆撒气。如果她这样做，我不知道会有多安心。然而这样的事并没有发生。我和母亲的距离已经太遥远了，远到就算我管保姆叫妈妈她也不会有任何反应。

我已经没有办法缩短这个距离。

最终母亲以杀人犯的身份死了。

我坐了起来，搓了搓脸。应该考虑的事实在太多了，为了集中精力处理案件，我只能把母亲的事从大脑中驱除。但这并不容易。直到现在，每当我孤身一人的时候，就会觉得母亲的亡灵就在自己身边。

这时，桌上的一张资料轻飘飘地落在了地上。

我随手捡了起来。是证物保管员发来的报告。它藏在这堆资料里，可能被我看漏了。资料上记录了现场的证物，有枪、车、助逃贩子的随身物品。

其中有一条关于没收的木箱的记述。

助逃贩子说，为了帮久保逃亡，他换掉了原本的木箱，最后那个木箱被警察没收了。对了，我把要调查这件事忘得一干二净。

那个木箱里面是……

柠檬。

满满一箱子都是用来加工的柠檬，大概有十几公斤。

柠檬？比黑社会还要黑的可怕非法组织Mafia走私柠檬？

什么意思？这箱柠檬有这么重要吗？

我的脑袋上冒出了问号，我想象着一大群Mafia的黑衣人在大工厂里做柠檬蛋糕的画面。就在这时——

电话响了。

不是我的工作电话，而是绫辻侦探事务所的电话。

我在心里想了想会打过来的人。但是这家事务所的委托基本都是通过政府发来的，我想不到谁会突然打电话过来。

除了一个人。

我连忙跑到电话旁，拿起听筒："您好。"

我猜中了。

"辻村，别随便把事务所柜子里的茶点拿出来吃了。"

"我才没吃！"我条件反射地吼道。

是绫辻侦探。

"侦探，您现在在哪里？"我勃然大怒，"请立即回来！特务科从上到下都大发雷霆！难不成您有什么特殊的癖好，想把脑袋伸到煮沸的锅里去吗？"

"我才要问你是不是脑筋不正常？为什么你觉得我会乖乖跟特务科那种政府芝麻官绑在一起？"

这句突如其来的话让我的呼吸停止了一瞬。

"有什么可惊讶的？该惊讶的是我。被归属政府秘密组织的狙击手一天二十四小时地监视，一旦拒绝就会被即刻击毙。你觉得有人身处这样的状况还会沾沾自喜？”

“这……”

我说不出话来，仿佛有什么强烈的感情紧紧地凝缩在我的头顶。

这就是他从我们面前消失的原因吗？

“像你们那种无能之辈永远都追不到我，我要跟特务科和死亡任务说永别了。”

“您的肆意妄为是不会得到允许的!!”

我发出了前所未有的巨大咆哮。

“您是特一级的危险异能者！不管您想不想，您都必须接受政府的管理！就算政府会威胁到您的生命也一样！这难道不就是所谓的责任吗？”

不知为何，我的眼眶盈满了泪水。

一直以来，我跟随的就是这样的男人吗？

我以监视的名义跟着他出入现场、帮助他侦查案情、在他身边保护他。

可他原来是这样一个自私自利的人吗？

“就是你的这种自私，”话语不经大脑地从我的喉咙中迸出，“就是你的这种自私才杀了我的母亲，不是吗?!”

怒吼声在室内回响。

我的肩膀随着粗喘剧烈地上下起伏，耳边仿佛能听到怒火随血液流遍全身的声音。

绫辻侦探在电话那头沉默了。这种沉默让我觉得很压抑。

最终，侦探开口道：

“就算是这样，也和你无关。”他的声音无比冰冷、低沉，同时又无比清晰，“给你一个忠告，别再管这件事了。凭你的能力，一辈子也不可能解开‘工程师’的死亡之谜。”

我想反驳他，却找不到合适的话。

“下次别再负责像我这样危险的异能者了。再会。”

说完，他就挂断了电话。

我孤零零地站在房间里，握着听筒不住地颤抖。

“随便你。”我冲着已经挂断的电话低喃，然而我的声音没人能听到，只是在房间内徒劳地扩散开来。

黄昏时分，我走在街上。

丘陵边的人行道上人影稀疏。在深厚的橙色夕阳下，只有又长又黑的影子跟在我的身后。

我很快就把绫辻侦探往事务所打过电话这件事通知了特务科。技术小组立即逆向追踪电话的来源，但估计没用。绫辻侦探不可能犯这种低级错误。

但是，那通电话的内容似乎震动了上级领导的心。因为这基本上就表示绫辻侦探已经向特务科举旗造反了。听说特务科内的议题开始渐渐转移到了如何制止危险异能者上。

当初规定的十二小时的期限，恐怕也会大幅缩减吧。

关我什么事？

侦探失踪之后，我的任务实际上已经被冻结了。我再也不需要继续被侦探的话影响，也不需要为了监视他二十四小时绷紧神经。

一切都结束了。

其实我连调查久保之死的案子都想甩手不干。越是调查他的死，母亲和绫辻侦探的事就越会浮现在我的脑中。可是坂口前辈命令我继续追踪调查。听说关于木箱中原本装着的柠檬，又有了新的发现。

“我让法证科检查了没收的柠檬。”坂口前辈在电话里说，“然后得到了一个很有意思的结果。他们走私的并不是普通的柠檬。”

“不是普通的柠檬？”难道是什么稀有品种的柠檬吗？

“外表是柠檬，里面却不是柠檬的果实。他们把柠檬掏空，用高明的技术将果实换成了兵器。”

兵器？

我一时之间没能反应过来。意思是他们特意把柠檬的外皮留下来，然后在里面塞入兵器吗？可是，目的是什么？

“详情还不清楚。”坂口前辈的声音中听不出任何感情，“唯一能确定的就是，这种兵器只有具备专业知识的人才能解体。如果贸然触碰，就会有生命危险。因此，我们在不得已的情况下与Mafia进行了交易。”

“交易？”

异能特务科与Mafia？

“我通过自己的门路联系了Mafia的干部。”坂口前辈在电话那头说，“要他们将有关这种兵器的一部分情报告诉我们，代价是我们会将这极为稀有的兵器交还给他们。这就是交易的内容。对方已经接受了，并且取回了木箱。估计再过不久，Mafia的使者就会带着情报出现在你面前了。”

我花了一点时间才明白现在的情况。

Mafia居然会与政府做交易，而且还是把自己那恐怕是违法的秘密兵器的情报告诉政府，真是闻所未闻。他们就这么想把柠檬——那些兵器要回去吗？

“辻村，还有……关于绫辻侦探的事……”

坂口前辈迟疑地说。

“他的事就不必再提了。”我打断了前辈的话，“已经与我……没有关系了。”

“如果上级命令你射杀绫辻侦探，你能办到吗？”

电话那头传来坂口前辈毫无感情的声音。

不知为何，我没有立即回答，明明答案都已经想好了。

“当然。”

我的嘴里吐出的声音听上去就像是陌生人的。

任务已经结束了，我和绫辻侦探之间，再没有任何关系。

坂口前辈说了一句“再联络”，便挂断了电话。

我握着电话，呆呆地站在夕阳之下。

前方的道路长得仿佛没有尽头，身后的道路也是一样。路边立着一根根电线杆，右手边是铁丝网，铁丝网后面是平坦的丘陵。

周围的空气变成了深厚的橙红色，仿佛可以让人溺毙其中。

听说黄昏时分也叫逢魔时刻。此时处于白天与黑夜的中间，是将世界分成两部分的界线。而据说处于这条界线时，就会逢魔，也就是会与妖魔相逢。妖怪、幽灵、魑魅魍魉——京极的领域。

一个可怕的想象穿过我的大脑。

绫辻侦探，是不是去了逢魔的领域——京极那里呢？

谁也不能保证不是。

在地下避难所遇到京极之后，绫辻侦探就变得有些异常。虽然我看了他写的经过报告，但那不一定就是全部。

对绫辻侦探来说，站在政府这边，也就是阻止杀人的这边，应该是很便利的，不是吗？如果他靠近京极，被京极同化，那岂不就表示他倾向了黑夜的那一侧？

如果是这样，我必须阻止他。

不管有没有击毙命令。

我轻轻摸了摸侧腹的枪套，感受着里面的手枪沉甸甸的重量感。

这时，我突然冒出了一种感觉。

有人正在背后盯着我。

我的后背窜上一股凉气。我的直觉告诉我，那不是人类的视线。无论是多邪恶的人，都不可能有这种令人毛骨悚然的冰冷视线。

我没能立即回头。

逢魔之时，无人之路，有什么站在我身后。

让我鼓起勇气转身的，是“他有可能是京极”的想法。如果真是他，我就不能让他逃掉。

我拔出枪回过身。

前方空无一人。

没有任何人的气息，万籁俱寂。仿佛连街道的声音都消失了一般，只有一条无人的道路漫无尽头地往前延伸。

我突然觉得脚被针扎了一下。

低头一看，原来是它。

影仔。

它就像是从沼泽中探出头来的野兽一般，从我脚下的影子中探出了半个身子。

它手里的黑色镰刀刺中了我的脚腕。

我吓得向后方一跳。

影仔慢慢从影子中爬了出来。它不住地摇晃，整个轮廓都在颤抖，每一秒的形状都不一样。整体看上去像是一个长着羊角的直立行走的兽人，但越是仔细打量它具体的模样，它就越是摇晃得厉害，让人难以看清它的实体。

为什么，现在……

影仔在地面上慢慢地滑行，向我靠近，手里举着镰刀。我既感觉不到它的感情，也看不出意图。它缺乏一种东西，一种能让我们互相沟通的东西。

明明它长着一副不知道让人该看哪里好的样子，但不知为何，我可以很清晰地感受到它的视线。

我向后退去。影仔不受我的控制，我不知道它在想什么，不知道它出于什么目的而活动。但是它的杀伤能力非常高，而且一旦盯上猎物，就绝对不会失手。

影仔向前一步。

我后退一步。

我不知道它为什么会出现，也不知道它想干什么。它完完全全是一个异物，在我的理解范围之外。唯一能确定的，就是我刚才感觉到的视线是它发出来的。

我盯着我体内的异物。

此时，我产生了一种不祥的预感。

“站住。”我用枪对准了影仔，“否则我就开枪了。”

影仔毫不顾虑地继续向前。

我的警告根本没有意义，它听不懂人类的语言。

影仔又向前一步。

我开枪了。

我瞄准了影仔的头部，子弹准确地击中目标，然后掉在它背后的地面上。影仔的头部猛地向后仰去，微微抽搐了一下，然后又若无其事地恢复了原状。

没用。这家伙是影子的化身，手枪对它没有任何意义。

怎么回事啊？

这种异能力到底是什么？

我的血管收缩，指尖发寒，口干舌燥。我没有任何与它对抗的方法，就算逃估计也逃不过它的速度。

我仿佛麻痹一般一动也不能动，眼睁睁地看着影仔扑向自己……

“你傻吗？对付这种异能，枪怎么可能有用？”

一个声音从我身后传来，有人向我伸出了手。

那只手擦过我，一把抓住了影仔的头，直接将它砸向地面。

连子弹都拿影仔无可奈何，此时它却无法从那只手中逃脱。不仅如此，它被那只手按在地上，连站都站不起来，只能徒劳地挣扎。那只手离开它后，它也无法站起来，光在地上干着急。

这简直就像它受到的重力一下子增加了数百倍。

影仔为了从看不见的束缚中逃身，挣扎了一会儿，然后突然像失去了力气一般沉入我的影中，从地面上消失了。

“这么点小事就害怕的小丫头也能当上特工，看来特务科要倒闭了吧。”

声音的主人轻轻拍了拍刚才抓住影仔头部的黑手套，然后看向了我。

那是一个戴黑帽子的少年……不，是青年。

他戴着黑色的礼帽，穿着黑色的外套。手套是黑的，脖子上的皮颈带也是黑的。虽然外表看上去并不华丽，但他身上穿戴的所有服饰品都是超一流的高级货。尽管他言辞粗鲁，却没有与这身高级衣服格格不入的感觉。

透过青年身上的气息，我瞬间便知道了他是生活在血与暴力之中的人。他全身都散发出把死亡当成家常便饭的人独有的气息，这和绫辻侦探身上的很像，但种类不同。

我立即明白了眼前这名青年的身份——Mafia。

“回去告诉你那个四眼上司。托你们的福，我们已经把想倒卖组织军火的叛徒处死了，欠你们的人情就用这条情报还，我们扯平了。”黑帽子青年从怀里拿出几张文件，随手一甩。文件在天空中哗啦啦地飞舞，慢慢落在地上。

组织的叛徒，恐怕指的是在港口与我们进行枪击战的那群黑衣人吧。他们想把柠檬外形的军火偷偷卖到外面去。

“那么，你就是Mafia的使者？”

“对。真受不了那个四眼，事到如今居然还敢联系Mafia，他的神经是用什么做的啊？要不是首领的命令，我早把他宰了。不过……倒也多亏了他，我的小弟才能把辛辛苦苦造的炸弹收回来。”

炸弹？

那就表示，那个柠檬形的军火……是炸弹？

黑帽子青年嘟囔了一会儿，然后瞥了我一眼：

“你倒是说话啊。”

这时，我才注意到自己原来一直都屏住了呼吸。我说：“您与坂口前辈是怎么认识的？”

“很久以前认识的，说来话长。”戴黑帽子的Mafia干部干脆利落地转过身，一边走，一边说，“与你无关。”

我不知道该说些什么，最终一句话也没说，默默地目送他的背影离去。

但青年走着走着，突然停了下来。

“啊，该死。我好像还欠那个叛徒四眼一个私人的人情。”青年露出了嫌恶的表情，张口骂道，“那混蛋肯定是还记得，所以才联系我的……喂，小丫头。”

我闻言抬头。

“我曾经被你上司救过一次，所以给你一个忠告。”青年十分不情愿地用手指指着我，“刚才袭击你的那个黑兽异能，被我打到地上的那个，它可不是你的异能哦。”

我僵住了。

黑帽子青年的声音在夕阳下响起，扩散，消失。

“你果然误会了。那是自律运作型异能，身上的腐臭味熏得我都要吐了，估计异能的主人已经死了。你可要小心，你也不想被死人杀掉吧？好好想想异能第一次出现的时候你身边有谁死了吧。”

我呆呆地站在原地。

他说的人，只有一个。

戴着黑帽子的Mafia干部踩着安静的步伐走在笔直的道路上。

我动弹不得，一句话也说不出来，只能站在这片深厚的橙色大气中，呆呆地看着那道黑影越来越小，直至消失。

【　　】

绫辻独自一人坐在井口边缘。

周围的森林纷纷染上了不属于这个世界的颜色。夕阳洒下的橙红将水井周边塑造成了一个脱离世界的空间。

“逢魔时刻，逢魔十字……那是何人，何人在那……”绫辻自言自语道。**（注：这句话用了双关语，首先日语中的“十字”写作“辻”，其次原文中的“那是何人，何人在那”分别指“黄昏”与“黎明”。）**

绫辻在思考，一切都已真相大白。

这口井位于县界，而且面向河流，也就是边界。狭窄的十字路口，即“辻”，也是传统意义上的边界。而水井本身也意味着土之世界与水之世界的边界。

京极的目的，一开始就在答案中给了提示，只是他自己没有发现这一点而已。

绫辻来这里之前，还发现了四个与这口井几乎相同构造的“祠堂”:墓地入口、山崖下无人祭拜的石碑、架在河流上的桥下、灵山山脚的小屋。这些地方都处于现世与黄泉的中间，也就是位于彼岸与此岸之间，很容易“发生什么”。恐怕在全国各地还有无数这样的“祠堂”。

边界会冒出脏东西。

井里的“制造邪恶的装置”就是京极本身。他把知识传授给有邪恶动机的人，在他们的后背推了一把，将他们送往一去不复返的邪恶之路。

他为什么要制造这样一个装置呢？他设置了这样一个大规模的机关，究竟想做什么？

这个问题只有在与他对峙时问他本人了。

“走吧。”

绫辻站了起来。

一阵黄昏时分的旋风忽然吹过树林。

大风吹动了乌黑的树木，树叶沙沙作响。整个森林都发出了仿佛某种生物低喃般的声音，响彻四面八方。

绫辻的表情分毫未变，他掏出细烟管，点着火，吐出烟。

烟雾像灵魂般晃了晃，消失在林间的冷气之中。

他迈开步子。

决战的时刻已经到来。绫辻已经知道京极的所在地了。

那是他们第一次决战的地方——

泷灵王瀑布的悬崖上。

【 】

我站在港口。

枪击战的现场查证基本完毕，侦查员也差不多都收队了。我漫无目的地在港湾走着。

各种各样的场景在我的脑海里翻腾。

我想起Mafia的那个干部对我说的最后那句话："影仔是某个死人的异能。"

影仔第一次出现，是在五年前母亲去世的那一天。从那之后，它一直带着不祥的气息缠绕着我。

我现在也能感觉到它的视线。它就在我的影子里，看着我。

综合所有信息，我能想到的可能性只有一个——**影仔是去世的母亲的异能**。

不同的异能有不同的效果。虽然大部分异能都是在异能者本人周围展开的，但现在已知的是，有些异能也可以离开使用者，一直跟在受攻击者身边。

而有的异能力即便使用者死亡也不会消失。

特务科进行的异能研究比民间组织要超前好几代，我也曾经阅读过一部分研究结果。大多数异能在使用者死后就会消失，而这种远程操作的异能却能在使用者死亡后继续攻击对象。它们脱离了使用者的意志，把主人的命令当作遗言一样死守着。

我不愿意继续想下去了。影仔有可能是母亲的诅咒——我一点也不愿意这么想。

我曾经好几次希望影仔能帮助我。被特种部队包围的时候是这样，被Mafia枪击的时候也是这样。如果影仔是在母亲的命令下保护我，那个时候它就会出来救我了。

然而影仔只是冷冰冰地保持沉默，待在我的影子里，阴森森地盯着我。

母亲在死亡里下了诅咒——我一想到这里，寒意就席卷全身，甚至连内脏都感到冰冷。

今后，我一辈子都要这样活在这种莫名其妙的情绪中吗？

就在我沉思的时候，口袋里的手机响了。我看了一眼，是工作电话。虽然我没什么心情，但除了接没有别的选择。

“您好，我是辻村。”

“你拿到柠檬的情报了吗？”电话那头的声音很沉静，是坂口前辈。

“拿到了。”我拿出从Mafia干部那里获得的资料，答道，“柠檬内部是非常特殊的炸弹，爆炸后不会留下炸药成分。从这种高度隐藏性来看，应该经常被用于组织之间的斗争或犯罪现场中。不过，只有Mafia的科学技术负责人才掌握制造技术，据说很多非法组织都希望能得到炸弹的制造方法。”

“所以才会高价购买啊……一群不怕死的家伙。”坂口前辈在电话里哼了一声，“我这里也得到了最新情报。木箱的登记人，叫佐伯的男人，在路上死掉了。”

“什么？”

佐伯……我记得他是Mafia的搬运工……只留下一句“被警察发现了。把东西放在指定地点，然后毁了它”的电话留言，便消失得无影无踪。

“据说他在逃亡的路上从港口附近的天桥坠落，颈椎骨折，死在了医院里。”坂口前辈道，“从情况上来看，如果说这只是单纯的事故，那实在是太巧了，估计有很大可能是他杀。”

有什么在我的大脑一角叫嚣着不对劲。

摔死。木箱的登记人。

从留下来的电话留言来看，恐怕佐伯就是将柠檬从船上运出去的人。Mafia的叛徒碰了走私组织军火这条禁忌，得知侦查员知道了他们的勾当后，便惊慌失措地想把证物柠檬处理掉。而这项工作就是由佐伯进行的。

这样一来，事情就很奇怪了。

久保已经进入了木箱。佐伯将吃了药睡着的久保错当成柠檬，运出了船。也就是说，杀害久保的人和把他搬运出去的人是不一样的。至少，把木箱搬出去的搬运工佐伯肯定没有杀害久保的动机。在侦查员马上就要追过来的紧要关头，他没有必要把箱子里的陌生男人打成那个样子，甚至打死。

我总觉得哪里很奇怪。

无论从哪条线都找不到有杀害久保嫌疑的凶手。在侦查线上浮现的都是与久保之死毫无关系的人物，他们是因为更加紧急并且私人的情况而行动的。

“辻村，你找到杀害久保的真凶了吗？”

我真不想实话实说，但还是回答：“还没有。”

“你现在最好有个心理准备。”坂口前辈沉重地道，“无论真相是什么，特一级危险异能者现在正在外面不受控制地活动，这个状况十分严峻。虽然在情报不足的情况下还硬要向前走有悖我的原则，但是……你还记得追踪射杀对象时的指南吧？”

我答了一句“记得”。这几个小时里，我的脑中一直浮现出它的步骤。

不，从两年前我被安排来监视侦探的时候，我就一直在想象这一天的到来。

“前辈，绫辻侦探说‘像你们那种无能之辈永远追不到我’。”我压抑着声音说道，“而至今为止，绫辻侦探的推测从来没有失误过。特务科已经知道侦探在哪里了吗？”

“关于这点我们还在制定对策。”坂口前辈道，“现在内务省正与管理部门交涉，希望可以移动政府的监控卫星。如果能利用卫星，只要绫辻侦探在室外，就可以立即掌握他的坐标。”

已经到了要动用监控卫星的地步了吗？

也就是说，找出绫辻侦探并将其射杀，已渐渐变成了关系着国家安全的重要事项。

我不禁发出呻吟。

身体的某个地方一直很痛，我却不知道是哪里。我不可能知道，因为痛的是心。

我打着电话，不知不觉来到了船前面的一座桥上。

那是我被空爆弹发射器攻击，在开合桥两侧展开枪击战的地方。

桥上堆积的货物基本上都掉入了海中，可能是在我冲过开合桥的时候撞掉的，现在这周围只有一些零碎的残骸。

我当时只顾着逃命，没注意别的，但现在想想，为什么这种地方堆了这么多货物呢？

“辻村，你在听吗？”手机那头传来坂口前辈的声音。

“在。”

“请你冷静地听我说。”说完，坂口前辈踌躇般地停顿了一下，“就在刚才，内务省的部长会议结束了。全体与会者一致决定，射杀绫辻侦探。”

我眼前一黑。

这一天终于还是来了。

这是我早就知道的命令，早就做好了收到这个命令的心理准备。可是真正听到这句话的时候，我依然有一种仿佛被铅球砸中般的冲击感，险些拿不住电话。

“辻村……你还好吧？”

我花了几秒钟调整呼吸，勉强回了一句“还好”。

特务科的命令是绝对的。

既然是高层会议决定的事，就绝不可能撤回。

“在监控卫星移动完毕之前，我会在总部下达追踪作战的指示。

你先回来吧。”

我没能回答。

坂口前辈在电话那头好像想对我说些什么，但终究还是沉默不语地挂断了电话。

我一个人站在桥上，脑子里想起绫辻侦探在最后一通电话里说过的话——

被归属政府秘密组织的狙击手一天二十四小时地监视，一旦拒绝就会被即刻击毙。你觉得有人身处这样的状况还会沾沾自喜?

异能特务科是国内顶级的异能组织。尤其是其中通称“暗瓦”的专门镇压异能者的黑色特殊部队，没有任何人可以逃过他们的追踪。就算绫辻侦探再厉害，也不可能赢过对他了如指掌的特务科。

如果绫辻侦探真如他说的那样，打从心底里厌恶特务科监视，那么这个结局——绫辻侦探终将被击毙的命运，或许是我们特务科招致的。

我的心中涌起一股无法用语言表达的情感。居然因为这点小事就心生动摇，看来我不配做一个特工啊。可是，该做的事，我必须要做到。

正当我转身想返回特务科机密据点的时候，手机突然传来了收到信息的通知声。

我打开手机一看，是军警发来的电子信息。他们似乎已经查明了佐伯的真实身份。

上面有他的真名、面部照片、身高体重等信息。我光用眼睛扫视那份资料，基本没有经过大脑。

就在这时，有一行字吸引了我的注意力。

“在成为Mafia下级成员之前，佐伯是一个诈骗犯，以侵占企业公款为生。但自从成为某起杀人案件的嫌犯后，他便洗手不干了”。

我的脑袋里响起了“喀嚓”一声。

这则情报有点奇怪，总觉得好像在哪里见过。

我急忙翻了翻手里的文件，然后抽出绫辻侦探写的在地下遇到京极时的报告书。

没错。

绫辻侦探在比赛中解开的“杀人之匣”案件的凶手，和组织搬运工佐伯的年纪一致。

原来他们是同一个人。

可是，是这样的话，又代表什么呢？

佐伯是被灭口的。因为一旦让别人知道佐伯把木箱运到了什么地方，就会自动揭穿真凶。所以他才被人从台阶上推下去摔死了。

慢着……

摔落。

死于非命。

佐伯的死，就在绫辻侦探解开密室杀人之谜后不久。

原来如此。

为什么我没有第一时间发现呢？

佐伯是被人灭口的。可是他并不是被谁直接杀害的，而是因为绫辻侦探解开了密室之谜，发动了他的死于非命异能。

也就是说，这都是京极策略的一部分。京极让绫辻侦探解开密室之谜，然后将千里之外的佐伯灭口了。

这又是为什么呢？佐伯掌握了什么不利的情报？

佐伯是在搬运木箱后不久死的，如果在死之前被特务科抓到，他一定会把一切都供出来。这样一来就可以解开久保之死的谜题，绫辻侦探也不会收到委托。

换句话说，京极想让绫辻侦探当这起案件的侦探。目的呢？

这时，我的脚尖碰到了什么东西。

我低头一看。

那是一块白色的碎木头。

可能是被我的车子撞飞的货物的一部分吧。零乱的木箱没有全部掉入海中，剩下了这么一块。

这块木头拨动了我思绪里的一根弦。

如果是两年前的我，估计会对此无动于衷。但是我在绫辻侦探身边积累了很多解决案件的经验，不断目击谜题被解开的瞬间，在现在的我看来，这块木头不同寻常。

我把它捡了起来。

它应该是某个木箱的碎片。因为被车子撞得粉碎，所以我无法想象它原本的形状。但是这个颜色，好像在哪里……

我的脑中响起了某个熟悉的声音——

“案件解决了，辻村，真相大白。”

画面波涛汹涌地向我扑来。

柠檬，搬运工，Mafia。

“被警察发现了。把东西放在指定地点，然后毁了它”。

佐伯得到了Mafia的指示，十万火急地将木箱从船上搬走。如果这些柠檬暴露，他们就完蛋了，因此他们必须把这些东西完全毁掉，彻底消灭证据，这样才可以对警方、Mafia干部装傻到底。

但是要怎么做？他们所剩的时间不多，而且柠檬型炸弹是法证技术员都无法解体的武器。无论藏在哪里，枪击战结束后都会有大量侦查员来到港口，他们会把所有地方都搜查一遍。那就扔到海里？不行。完全密封的柠檬炸弹在海里也不会坏。它们那么重，会沉入海底，然后被潜水员发现。不管潜水员是警方的还是Mafia的，身为叛徒的他们都只有死路一条。

怎么办？要怎么做才能让作为证据的炸弹消失得无影无踪？

如果京极早就预料到了这样的情况呢？

是京极操纵久保逃往港口的时机，而那时Mafia的叛徒们正好在进行炸弹交易，我也是因此才被卷进枪击战里的。

要是京极操纵的不仅是久保一个人呢？要是Mafia走私炸弹这件事本身就是京极设计的呢？

想想“水井”吧。京极可以随意操纵他人，甚至让他们误以为自己的行为完全是出于自己的意志。Mafia的成员胆大包天地试图倒卖组织的炸弹，会不会也是因为京极的教唆呢？“水井”告诉他们：“这样做绝对不会暴露。只要按我说的去做，你们的交易就不会被任何人知道，就算被人知道也有可以完全毁灭证据的方法。我把这些全部告诉你们，至于是否实行就全看你们自己了。”

于是叛徒们知道了毁灭证据的手段，那就是让炸弹一个不落地全部爆炸。但是炸弹的威力实在太大，所以不能在附近启爆。就算想要远程启爆，启爆代码也是分别管理的，恐怕会被Mafia的科学技术负责人察觉。这样的话，最合适的方法就是让某个人踩爆它们。既然是一旦解体就会爆炸的炸弹，那么只要有人踩坏它们，炸弹就可以一次全部炸飞。所以搬运工佐伯得到的指示就是，万一有情况发生，就把柠檬木箱放在车辆来往较多的地方。

要是他选择的地方是开合桥上，那就更有利了。爆炸后的碎片会掉入海中，炸药也会分解，启爆电路不仅被炸得粉碎，还掉入海里，根本无法解析。他只需要把木箱放在开合桥分界线附近，即我现在所站的位置，就可以了。

京极的策略。

“水井”。

绫辻侦探捏造了假凶手。

“怎么会……”

真相如同洪水般淹没了我的大脑。

我喘不上气来，瘫坐在桥上。

绫辻侦探早就看穿了一切。

绫辻侦探的“让凶手死于非命”的异能一旦发动，就绝对不能取消。就算委托被撤回，在杀掉凶手之前异能也不会停止。

而绫辻侦探的异能所定义的“凶手”是有严格规定的：具备杀意，通过自己的意志制造了被害人死亡的物理性原因。

那么有杀意的人是谁呢？

助逃贩子没有杀意。他只是想做自己的工作，把久保塞入木箱，让他吃下安眠药睡着。这都是出于他自己的意志。

佐伯没有杀意。他只是想做自己的工作，把木箱搬出，放在会被人踩到的桥上。这都是出于他自己的意志。

Mafia也没有杀意。开合桥也没有杀意。

当时有杀意的是谁呢？

——“工程师”，我一定饶不了他。

——我一定要追上他，然后亲手……

我蹲了下来，用双手捂住了脸。

我不住地颤抖。

有杀意的是我。

是我开车撞死了久保。

绫辻侦探之所以背叛特务科，是不想让我死于非命。

【　　　　】

绫辻独自一人走在山路上。

夕阳渐渐西下，微弱的黑暗从森林底部慢慢爬出。

黄昏过后，森林就变成了野兽们的乐园。在漆黑的树丛深处，一群刨土吃肉的野兽正虎视眈眈地盯着绫辻。

绫辻对此毫不在意，只是静静地走着。沉默笼罩了森林。野兽们安静地目送绫辻离去，仿佛哀悼一般。

一败涂地。

绫辻得到的是完全的失败。那种惨败的感觉渗透到他的每一个细胞，他的脚步都变得沉重。他甚至想干脆倒在这条阴霾的山路上被埋葬起来。

但是他必须走，走向决战之地。

因为京极叫他去那里，去结束他们之间的胜负之争。

就算失败已成定局，他也不得不去那里。必须有人给这起案件画上句号。虽然案件充满了鲜血与死亡，也不能让结局永无止境地拖延下去。就算京极一定会赢，也必须有人去结束这起案件。

不知何时，雾雨无声无息地将山路的空气染成了一片青白。

绫辻呼出白色的雾气，拖着仿佛从地表源源不断涌出的黑夜，一步一步地向前走。

夜晚是属于妖怪的。

“捕捉到目标坐标，在距离此处五公里以外的山林小道上。”

通讯员坐在警用装甲车里通知大家。

运送兵员的车内坐着两名全副武装的特种兵，四名特务科的特工，以及两名军警侦查员。他们坐在长凳般的座位上。昏暗的车里只开了一盏红色的车内灯，将在座的人影照得仿佛幽灵。

运送特种部队的车不止这一辆，另外还有四辆载着各部队的运送车，大家打算布下天罗地网包围目标人物。

哪怕绫辻侦探再厉害，也无法突破这么多特种部队。

哪怕绫辻侦探再厉害……

“辻村，你检查好自己的装备了吗？”

坐在我身边的飞鸟井先生温和地问道。

“……”

我却说不出话来。

“我们接下来要去的地方不知道会发生什么事。你还是检查一下比较好，哪怕只看看防弹背心和备用弹匣。”

我明白，我应该照他说的去做。

可是，我的心被别的事占据着，不管外界有多少情报，都无法进入我的大脑。

飞鸟井先生为难地抓了抓头。

“啊，对了，你要吃酱菜吗？新上市的。”

“不了……”

为了发出这细如蚊蚋的声音，我已经用了我的全部力量。

从刚才开始，我的脑袋里就不停地重复同一个问题：

我要怎么做？我能怎么做？

绫辻侦探之所以逃跑，是为了不杀我。他已经接受了寻找杀害久保凶手的委托，而现在异能“死于非命”的发动条件也已经具备，所以永远无法取消。只要再找到一点，再找到一丁点证据，我就会迎来无法逃避的“死于非命”。

因此绫辻侦探只能逃避，不解决这个案件。既然不存在停止异能发动的手段，那么就只能逃避，延迟解决案件。

而现在，特务科正在追踪绫辻侦探，要去射杀他。

不管我想多少次，情况都是一样的，结论也一样。

我什么也不能做。

射杀命令是绝对的。就算我把真相告诉大家也没用，毕竟绫辻侦探躲开监视出逃，还捏造了假的凶手，背叛了特务科。这是不可动摇的事实。说起来，身为特一级危险异能者的侦探至今为止虽然处于监视之下，却可以自由外出，这本身就是很异常的状态。而现在，一切都要恢复原状了。

这时，飞鸟井先生突然长叹了一口气。

“我也一样。”

我回头一看，只见他正盯着墙上的一点。

“我一直在想，有没有什么解决目前情况的办法。但问题实在太严重了，根本无计可施。”

车内很昏暗，我看不清他的表情，只能听到他竭力压抑的声音在摇晃的车内回响。

“辻村，你从刚才就一句话也没说，其实……你是不是知道，绫辻侦探逃跑的真正原因？”

“是的。”

我轻轻点了点头。

“果然，”飞鸟井先生又叹了一口气，“是京极的计谋吧？”

“应该……是吧。”

那些共犯并没有杀意。

无论是助逃贩子，还是佐伯、Mafia，把久保装入木箱并运到桥上的犯罪者们都是按自己的意愿行动的，压根就没有想过他们所做的事是在杀人。也就是说，他们不会成为绫辻侦探“死于非命”的对象。

而距离凶手最近的人，就是我。

这个结局不可能是偶然发生的。助逃贩子也好，佐伯也好，Mafia也好，都是在不知情的情况下被幕后黑手操纵，担任了这个圈套的一环。

这是抓住异能“让凶手死于非命”的逻辑性漏洞进行的攻击。这是任何人都没想到的绫辻侦探唯一的弱点。

能做到这一点的只有一个人——

绫辻侦探的宿敌，能够操纵他人无意识行动的傀儡师。

“京极……”

智慧的恶魔搭建了一个极其周密精致的齿轮组织。

我不禁颤抖。出口完全被封死了，没有一丝容人逃出的缝隙。

我完全不知道自己面对的敌人居然那么强大，不知道那个妖术师有着深不可测的邪恶与奸猾。

“京极终于把绫辻侦探逼到绝路了。”飞鸟井先生低语，“不过就算这样，也不代表我们就没办法了。”

我慢慢看向他。

“什么？”

不代表我们就没办法？

“恐怕绫辻侦探想与京极直接对决。”飞鸟井先生思索道，“即使是绫辻侦探，也无法从特务科手中逃脱。所以他应该想在有限的逃亡时间里与京极一决胜负。而那一瞬间，就是我们逮捕京极的最佳机会。”

“逮捕……吗？”我不由得提高了声音。

“小点声。”飞鸟井先生压低声音道，“这的确不是一个明智的做法。但是特务科现在正在慢慢包围绫辻侦探，也就表示我们同时可以接近京极。我们要利用这一点。因为能证明绫辻侦探没有背叛的，就只有京极的自供了。”

可是……

这种欠考虑的手段对京极真的有用吗？

“几年前，我和搭档曾调查过京极。”

飞鸟井先生忽然道。

“当年我觉得那起案子很无聊，因为对方一条罪状也没有，就是一个清清白白的普通人。但是他周围发生了好几起血腥的杀人案，为了以防万一，我们就开始监视他。”

飞鸟井先生像是陷入了回忆一般看着远方。

“有一天，我刚回到监控室，就看到了搭档四分五裂的尸体。”飞鸟井先生疲惫地用手搓了搓脸，“凶手很快就找到了，是一个碰巧闯进去的盗窃犯，没有任何痕迹表明他是被人命令的。但是我知道，是京极干的。”

飞鸟井先生摘掉总戴着的皮手套，目不转睛地盯着自己的双手。

他的样子就像想起了倒在血泊里的搭档那沉重的尸体。

“事后我才知道，我的搭档——由伊，她已经怀孕三个月了。”飞鸟井先生摇了摇头，“从那天之后，我就一直在追查京极。我不需要证据，只要能亲眼看到他的尸体，我就心满意足了。”

我闭上了眼睛。

“您说得对。”我道。

绫辻侦探和京极的胜负之战远入云霄，像我们这样的普通人只能沉默地仰望。可如果这样京极就觉得我们的子弹无法碰到他，那他就错了。

“你听说追踪情况了吧？卫星在山林小道附近发现了绫辻侦探。但现在是晚上，而且树林茂密，无法进一步查到他的足迹，所以特务科只能大范围地包围树林，进行搜山。他们认为侦探一直在逃跑，所以会缩小包围圈追上侦探。可是……”

“绫辻侦探不是在逃，”我道，“我知道侦探要去哪里。”

“一旦特种部队包围了绫辻侦探，他就会被击毙。”飞鸟井先生重新戴上手套，慎重地点了点头，“要想救出绫辻侦探，就要先找到京极，让那家伙承认自己是一切阴谋的策划人。这就是我们最后的微弱希望。”

让京极认罪。

我们都很清楚这有多困难，而且多不现实。

但没有别的办法了。

我吸气，吐气。

——就是你的这种自私才杀了我的母亲，不是吗?!

与绫辻侦探通话的时候，我被怒火蒙蔽了眼睛，吼出了这句话。

可我错了。绫辻侦探之所以逃，并不是因为自私。

只要我稍稍放松，悲伤就要溢出我的喉咙，将我淹没。

绫辻侦探能与京极对峙吗？我不知道。

我能在京极消失之前追上绫辻侦探吗？我也不知道。

但是，有一件事，只有一件事我很清楚，而且我再也不能欺骗自己。

就算一流的特工应该服从命令，就算开枪才是正确的做法，就算我至今为止的训练都是为了那一天的到来——

我也无法对绫辻侦探开枪。

瀑布轰隆作响。

幽谷烟雾缭绕。

夕阳的余光已经完全消失，人类活动的灯光也离这里很远。

如果说黄昏时分是逢魔时刻，是连接现世与异世的时间，那么被夜晚笼罩的瀑布之上就仿若异界、彼岸、阴曹地府，是不适用现世法则的那边的世界。这里只有妖魔用利爪在夜空中抓出的月牙之光。

在这魔时魔境中，有一个影子无声无息地屹立着。

那人身材颀长，戴着鸭舌帽和墨镜。他毫无感情地注视着远方，任凭夜风吹拂自己的身体。

那是杀人侦探。

他没有说话，甚至没有动作，只有思绪在夜幕中彷徨，渐渐融入幽深的黑夜。

杀人侦探忽然开口道：

“真让人怀念啊。”

他的声音低沉得仿佛弦乐器，震颤了大气，然后泯灭于嘈杂的树丛中。

不久，他的身后传来了回答：

“是啊。”

那声音很飘逸，就像清脆的笛声，让人看不透说话人的内心。

“上次和你在这里对决是三个月前，真是时光荏苒。”

“你从瀑布上掉下去了。”

京极露出了沉浸在回忆中的神情：“当时就像在做梦一样。”

“从那个时候起，你就在布这些局了吗？”

绫辻一边说，一边回头。

人影从山中阴沉的影子里浮了出来。

老者的右半边脸藏在树木的阴影下，左半边脸则被朦胧的月光映照着。他从山中现身，身影仿佛有一半融于黑暗，与山林同化，变成了这座非现实的幽谷之地的一部分。

“老夫既没有权势，也没有同伴，有的只有这颗脑袋。这里……”

京极用手指敲了敲自己的太阳穴，“有一个乐园，一个完美的乐园。‘是如置盐块于水中，惟随水溶解，固无可取之而出也；于是尝之，则唯盐味。诚然，此一大存在者，无极而无涯，唯智之聚积。’（**注：出自《五十奥义书（修订本）》，中国社会科学出版社，一九九五年出版，徐梵澄译。**）”

“梵语的奥义书吗？真是一个没有节操的家伙。”

“只要是记录真相的书籍，老夫向来不会挑剔。不管是孙子还是康德，抑或是《物理现实的量子力学描述能否认为是完备的？》之类。”

“这次又轮到爱因斯坦EPR悖论的论文了啊。量子力学是与意识和非现实有关的物理学，的确和你很般配。”

漆黑的树木在风的吹动下沙沙作响。

从深潭弥漫而出的青白水雾在二人之间飘荡。

“绫辻，老夫很感谢你。”京极忽然抬起头，“从结果来看，你是老夫的目的得以实现的最大助力。换了别人可做不到这样。”

“的确没错。”绫辻慢慢走了起来，被他踩在脚下的枯叶发出了清脆的响声，“你的目的不是杀人，也不是战胜我，究竟是什么？”

“扩散。”

京极用嘶哑的声音答道。

“你知道妖怪的本质吗？”

绫辻没有应声，只是静静地看着京极。

“妖怪的本质是扩散。”说着，京极搓了搓手指，“站在个人的角度，活着就等于与恐怖共存。恐怖来自山中、水中、心里的阴暗，还有因无知而认为存在不明物体的异界。但这些都只是单纯的恐惧感，不会形成妖怪。妖怪可以通过书籍、口授传播，可以移居到他人的心里。在海岸与深渊出没的牛鬼、从烟中浮现人脸的烟烟罗、无法看到的怪鸟婆娑（**注：又名“波山”**）……妖怪是以恐惧为食的情报生命体，它们生存于村落、小镇或者城市里，是不灭的生命。”

“这个世上并没有妖怪。”绫辻用低沉的声音肯定地说。

“没错，妖怪是不存在的。”京极点头，“同理，神也不存在，货币也不存在，性别、权力、语言都不存在。因为这些只不过是概念的共享。”

绫辻像是在思考一般，沉默了片刻，然后说：“模因？”

“说得对。”京极满意地点点头，“老夫就知道你一定能注意到这个小幽默。《自私的基因》中所写的模因，其实就是通过众人之口传递、增殖的东西。那不就是妖怪吗？举个例子，最典型的附身。‘犬神附身’就是通过犬神的模因传染在集团内引起了精神感应。总而言之，妖怪就是用感染人心的模因组成的生命体。模因与基因相对，是情报的载体。在老夫看来，同样都是生命体，但比起基因生出来的密密麻麻的人类，千年以前就因模因而存在并不断扩散的妖怪要优秀得多。”

京极向前迈出一步，却没有发出任何声音。

“而‘邪恶’与妖怪一样，都是概念，都是模因。”

绫辻抬起头来。在月光的映照下，他的侧脸浮现出理解的表情。

“原来如此。京极，你的目的是……”

【　　　　　　　　】

我在山路上狂奔。

汗水从额角滑落，粗喘在喉头爆发。鞋子里剧烈运动的脚尖与脚跟传来阵阵刺痛。

但我无法停止自己的全力奔跑。

如果绫辻侦探要在这座山上与京极决战，那地点只有那里——

瀑布上的悬崖。

那是他们三个月前的决战之地。他们在那里展开决战，绫辻侦探胜利了。

绫辻侦探一定看穿了京极从瀑布坠落还能生还的手法，所以这次又去了那里，为的就是完全解决掉京极。

可是对手是京极，没人知道他会做什么。而绫辻侦探又正被特务科追踪，这是一个对他很不利的对决条件。

所以无论如何，我都要赶在特务科之前找到侦探。

“绫辻，侦探……你一直……”

我奔跑着发出只言片语。

氧气不足，肺就像要炸开一般，但双腿反而渐渐加速。它催促我在这座荒凉的山路上奔跑，快点，再快一点。

现在驱使我双腿的不再是肌肉，为我输送力量的也不是血液——让我奔跑的源泉，是某种肉眼看不到的东西，是从喉咙迸出的不成言的话语。

“一直把我当成小姑娘……”声音从颤抖的喉咙中挤出，“一句话不说就消失……给我适可而止吧，你这个冷血男人！”

奔跑在夜晚的山路上并不痛苦，也不可怕。

有的只是，或许很快就会降临到绫辻侦探身上的什么东西。

在那之前，我无论如何……

都要告诉绫辻侦探一句话。

“什么是邪恶？”京极竖起手指，悄无声息地走向绫辻，“这个问题曾经无数次被人问起。在法律上、历史书里、故事中……可是老夫认为，生命的本质不是善而是恶，也就是万事优先自己。”

京极一边走，一边说，他的声音渐渐与水雾融为一体。

“当狮子夺得王者之位的时候，就会将前一任狮王的幼崽全部杀光；黑猩猩会杀死邻居与婴儿并将他们吃掉；海豚喜欢聚在一起向弱小同族发动攻击，长时间伤害它们，最后把它们逼入绝境，折磨至死。生物活着这件事本身，从一开始就带着某种邪恶。确实，出于个人目的去损害他人利益是不被这个社会允许的，如果这种自私行为得到允许，那社会就会毁灭。可是，保护自己、保护自己所爱的人，这难道不是人之常情吗？当社会以惩罚邪恶为名，变成一台抹杀人类原始光芒的切割机时，让人类获得自由是不是就变成‘邪恶’了呢？”

“这就是你的信仰吗？”绫辻冷冰冰地道，“这就是你制造那口

‘令人变邪恶的水井’的原因吗？”

“不是所有人都像你那么强，绫辻。”京极嘶哑的声音中带着几分温柔，“老夫的这口井之所以会吸引这么多人，是因为这些被社会压榨，连惨叫声都发不出来的无辜民众为了追求人性，只能依靠邪恶。从这个角度而言，老夫的所作所为也称得上是慈善事业了。”

“无聊的歪理邪说。”绫辻干脆地用一句话总结了，“你不要告诉我，你已经把那对互相用手枪打死对方的夫妻忘了。那也是你的慈善事业吗？”

“至少，他们的两个女儿得救了。”

“……”绫辻用杀气腾腾的目光瞪着京极。

“当然了，老夫明白自己在狡辩。但是，‘邪恶’的模因就是有这么大的威力，足以动摇人心。换句话说，它具有很强的繁殖力。老夫从没想过要用水井去拯救世界，在老夫看来，重要的只是它的繁殖力。同理而言，妖怪和都市传说所具有的繁殖力，也是老夫花费一生研究的大事业中必不可少的要素。就如同，这项事业中不能缺少你一样。”

京极已经走到了离绫辻很近的地方。

白色的瀑布，细弯的月牙，水声隆隆，风声瑟瑟。

这一幕仿佛是三个月前——上次“对决”的投影。同样的人，同样的瀑布，不同的只有一件事。

“老夫光顾着自己说了。”京极笑道，“现在轮到你了，绫辻。你这个侦探会为老夫揭开谜底吧？”

“嗯。”绫辻静静地答道。

“那我们就来对答案吧。谜题有两个：上次，以铜币为证据发动异能‘死于非命’的时候，老夫为什么可以生还？还有就是之前在地下避难所的时候，你说明真相之后老夫是如何从没有出口的地下室消失的？这两个问题你都弄明白了吗？”

“在我解答之前，不如先做这个吧。”

绫辻举起一直藏着的手枪，对准了京极。

“哦？”京极露出了意外的表情。“侦探的本分不是使用头脑吗？”

“我和你之间没有什么本不本分。”

“说得也是。”京极愉快地轻笑，“可是绫辻，你这么做妥当吗？你现在也正被特务科追踪，再过不久，等特务科蜂拥而至，看到你拿着枪的话，你会来不及分辩就被当场射杀吧？”

枪口抵住京极的太阳穴，传来撞上骨头的闷响。

“你以为我会在乎？”

绫辻打开保险，扣住扳机。

京极抬头仰望夜空，露出一抹讥笑。

“今晚的月色真美啊。”

枪声响起。

当我沿着山路向上跑的时候，突如其来的响声让我瞬间停止了脚步。

刚才那是枪声，而且响了三次。

手枪发射声宛若野兽的咆哮，被周围密密麻麻的漆黑树林吸收，消失在夜色中。

我离瀑布的悬崖只差一点了。刚才发出闪光的是那个方向。

是绫辻侦探对京极开的枪吗？

还是京极对绫辻侦探开的枪？

不管是哪种情况，都表示他们正在那里进行决战。

“绫辻侦探！”

我重新奔跑起来，并从枪套中拔出手枪。我的双脚踢起尘土，越过石块，我要在一切结束之前，赶到决战之地——

我来到了一个开阔的地方。

有人举着枪。

我绝不会认错，那个被月光笼罩的颀长人影是绫辻侦探，他举着手枪。赶上了，京极应该就在前面。

“侦探！离京极远一点！”

我举着手枪靠近他们，同时戒备着周围的情况。

“辻村。”侦探看了我一眼，平静地说，“你居然找到这里来了……真让人头疼。特务科呢？部队应该正赶过来击毙我吧？”

“没时间了！”我喊道，“京极人呢？他应该可以把所有圈套都交代清楚的！现在能救侦探的只有这一个办法了！”

我用枪口寻找敌人。影子太多了。究竟在哪？京极在哪？

“京极在这里。”绫辻看向自己的身边，“是吧，京极？”

【 】

“京极在这里。”绫辻转头看向京极，“是吧，京极？”

“没错。”京极愉快地笑了，“她居然无视组织的命令单枪匹马地赶到这里，你的使魔可真是忠心耿耿啊，让人羡慕。”

“她不是使魔。”绫辻看着气喘吁吁地寻找京极的辻村，说道。

【 】

“她不是使魔。”侦探对身边的某人说道。

我顺着侦探的视线移动枪口。那里有人吗？

“京极，你能听到吗？是特种部队的脚步声。”绫辻侦探看向森林深处，“看来再过不久，终结的时间就要到了。”

我也听到了那个声音，是部队在森林里奔跑的脚步声。没时间了。

“什么？哦，不好意思啊，京极，可能你很想看见我害怕的表情，但很不巧，对于早就知道的结果，我就算害怕也无济于事。”

绫辻侦探在与京极对话，这是可以肯定的。

“不，京极，如果是你，应该可以明白……什么？”

我用枪口寻找敌人。

我已经来到了绫辻侦探的面前，可是没看到任何人。

一股冰冷彻骨的恐惧感从我的喉咙涌了上来。

“侦探！”我举着枪大叫，“这里没人！一个人都没有！”

【　　】

“没用的，辻村。”绫辻将手搭在大喊大叫的辻村肩上，“我是在地下避难所的时候发现的。避难所是一个完美的密室，无论怎样的天才都无法从那里逃脱。那么，答案就只有一个。”

“说得太对了。”京极在旁边愉快地笑道。

“从一开始，京极就不在那里。”

辻村惊愕地看着绫辻。

“那就是密室逃脱的手法。京极之所以从瀑布上掉下去还能生还，是因为他根本不存在。这世上没人能逃过我的‘死于非命’。辻村，你知道‘奥卡姆剃刀’吗？在数个假设同时存在的情况下，最简单的那个假设就是真相。”

绫辻看着京极的笑脸说道。

“京极在三个月前就从瀑布上跳下去死掉了。”

“不，不可能……”辻村脸色惨白，用颤抖的声音道，“那……

案件……”

“留在这里的不过是他的残渣——‘邪魔’，是他在临死前向我施加的异能。你无法让京极认罪，证明我的清白，因为他早就已经不在人世了。”

【　】

绫辻侦探的话语低沉又清晰地在月下响起。

我却头晕目眩，腿脚颤抖地后退一步。

“这……不可能……”

京极死了？

绫辻侦探刚才是在和异能创造出来的“邪魔”对话？

我拼命地挖掘自己的记忆。

三个月前的案件后，京极第一次现身是在绫辻侦探面前——让那对夫妻自杀的时候。当时在现场的只有绫辻侦探一个人，那对夫妻是唯一的目击者，可他们已经死了。我和特务科是通过报告书得知京极重现的，并没有亲眼见到他。

第二次与京极接触是在车站的铁轨上，与久保对峙的时候。那时京极用无线电联系了我们，而接听无线电的人是绫辻侦探。其他人甚至没有听到京极的声音，一切都是以绫辻侦探的说明来判断的。

之后在地下避难所展开的对决也一样，在场的只有绫辻侦探与京极，其他人都没有见到京极。

助逃贩子也好，久保也好，他们都没有与京极直接面对面，谁都没有——

“可是……怎么会……”我握枪的手在颤抖，“京极……死了？那我们，一直在和什么战斗……”

“京极是在这个国家出生的特异点。”绫辻侦探平静地道，“他在临死前制造的巨大的无形机关通过人类传播，不受时间的限制，像传染病一样扩散。至于其本人的肉体是否存在，已经不是什么大问题了。”

“如果是这样……为什么……”我用颤抖的声音道，“为什么他……死了都要这么做……”

“到了这里你还不知道吗？”绫辻侦探的声音没有任何感情，“水井，邪恶祠堂的传说，自我增殖的模因……京极的目的很明确。这家伙——”

绫辻侦探看向旁边空无一物的虚空，然后用冷淡的声音低喃：

“你想变成妖怪。对吧，京极？”

“所有人放下武器！”

一声怒吼在悬崖上炸开。

“暗瓦”——全副武装的黑色士兵们悄无声息地包围了这里，据说他们是国内最强的镇压异能者的特种部队。突击部队有二十二名队员，狙击部队有六名，他们已经将这里团团包围了。

“请等一下！”我大叫，“绫辻侦探没有背叛特务科！侦探是为了保护我才和京极……”

“辻村，你退下，现在已经没有机动作战的意义了。”黑暗中传来一个平静的声音。

坂口前辈在森林编织出的黑暗中走了出来。

他是一名非常出色的特务科特工，过去曾成功完成了好几起秘密作战计划，是对抗异能犯罪的高手。

“异能罪犯，绫辻。现在我们认定你为可能扰乱治安的特一级危险异能者。因此，接下来将按照危险异能者的处理规定对你进行‘处分’。”

坂口前辈冰冷的声音在悬崖上严肃地回响。

“等……”

我刚想跑过去阻止他，就被身后突然出现的黑色手臂抓住了。

我的枪被夺走，肩膀和脖子被抓住，整个人被按在地上。好几名黑色特种兵压在我身上，剥夺了我的自由。

肋骨发出了尖叫，氧气被挤出体外。

即便如此，我还是没有停止自己的嘶吼。

“绫辻侦探！请你把真相告诉大家！”

我的后脑勺传来冰凉的触感，是特种部队的步枪。

庇护铲除对象的人也会被铲除。

“住手！辻村不是罪犯！把枪拿开！”

我听到有人跑过来，是飞鸟井先生。我被按在地上，看不到他的样子，但能感觉到声音的主人将顶住我头部的步枪强硬地抢走了。

“绫辻侦探，您一向是个未卜先知的人，如今的这种情况想必您也不意外吧？”我听到坂口前辈冰冷的声音。

那声音让我第一次感觉到了恐惧。

那位冷静的、严肃的，有时还会带点讥讽的上司，可靠的特工前辈，像学者一样沉着的坂口前辈发出了这样的声音。

可是现在，听到前辈的声音，我瞬间恍然大悟。

坂口前辈在击毙绫辻侦探的这件事上，已经没有一丝一毫的犹豫。

我突然意识到他那种像摘取果实一样夺取罪犯性命的冷酷。原来坂口前辈也和京极、绫辻侦探一样，是云霄之上的超越者啊。

“想开枪就开吧，坂口。”绫辻侦探的声音依然那么平静，“我在比试中输给了京极。在三个月前京极从瀑布上掉下去的那一瞬间，胜负就已分。而京极的愿望就是希望我死——我已经没什么办法了。”

我好不容易抬起了头，看向声音那边。

视野的尽头出现了背对瀑布而立的绫辻侦探，与举着枪朝他步步紧逼的坂口前辈。

前面是持枪包围他的特种部队，后面是瀑布。绫辻侦探已经无处可逃了。

如果对方是普通的警察，或许绫辻侦探还能用雄辩渡过这次难关。但对方是特务科与坂口前辈，这对他们是没用的。

“关于京极一案，我的意见都写在了报告书里，报告书藏在事务所。在我死后你拿去看吧。”

听到绫辻侦探平静的话，坂口前辈的表情出现了一瞬间的动摇。

“非常感谢……您最后的帮助。”

枪口准确地对准了他的头部。

绫辻侦探没有穿防弹背心。就算穿了，他现在被击穿头部，防弹背心也毫无用处。

“请住手……住手啊！”我的喉咙像吞下了一团火似的疼痛，全身都痛，“我明白这是规定！可是求求您……”

坂口前辈开始瞄准。距离不到两米，他不可能射偏。

“绫辻侦探，”坂口前辈闭上了眼睛，“至今为止，辛苦您了。”

绫辻侦探看了我一眼，我们四目相对。他看着我，第一次对我露出了微笑。然后张开嘴唇，像要说些什么……

三声枪响。

绫辻侦探的头像弹簧一般向后仰去，整个身子仰倒。

他直接坠入深潭。

我的耳朵听不到任何声音，我的灵魂发出了悲痛的惨叫。

我几乎是下意识地将按着我的特种兵的腕关节往反方向一拧，趁对方放松力气的时候挣扎开来，冲到了瀑布边缘。

“绫辻侦探！”

为什么？

为什么，为什么，为什么？

为什么会变成这样？为什么？

我沿着悬崖的山路跑下去，眼前阵红阵白，大脑无法思考，只有全身的肌肉爆发出惊人的力量，拖着我一路前行。

为什么？为什么？为什么？为什么，为什么侦探要为了我这种人……

深潭被隆隆作响、烟雾缭绕的瀑布包裹着，仿佛不属于这个世界。别说搜寻侦探了，我连靠近都无法靠近那里。

我想起三个月前有关京极的那份报告书——这个深潭极其危险，一旦掉下去，绝对没有生还的机会。

“这不是真的……”

一种情感从我的头顶直接贯穿到脚尖。我切实地感受到侦探为了保护我而死。这种情感将我身体里的细胞一个接一个地燃烧殆尽。

背后传来几个人的脚步声。

“周围有异能者与帮手的痕迹吗？”

“没有。”

我能听到坂口前辈在向背后的特种部队下命，但是脑子无法接收。

“这么黑很难搜寻。警惕周围的动静，明早再来找尸体吧。”

我没有回头，一直盯着深潭。

为什么？

为什么绫辻侦探要包庇我？只要侦探接受委托，并且把我当成久保案的凶手交出去，事情就不会变成这样了，侦探就不用死了。

为什么侦探要救我？

我的心发出了悲痛的呐喊。明明是显而易见的答案，我的大脑却反应不过来。

此时此刻，我的全身像着了火似的灼热无比，一个问题从大脑里喷发而出。

是谁害绫辻侦探变成了这样？

“辻村，”坂口前辈的声音在身后响起，“别待在这里了，回总部去吧。”

我没有回答。

“辻村。”

“这太奇怪了。”我回头道。

“辻村……”

“不对，不应该是这样的。”我像一个机器人似的，用平稳的声音继续道，“坂口前辈，请您仔细想想。为什么京极会成功地布下这样的策略？京极在三个月前做好了一切准备，然后才死的。但只有这点……不能解释全部。”

我知道自己的心正在抽痛，我无法停止自己的语言。

就像大脑正在燃烧一般。

“久保本来以为自己可以逃掉，他却死了。久保进入船上的时间，Mafia进行交易的时间以及开合桥自动开闭的时间，如果没有人把这三个时间统一起来，这次陷害绫辻侦探的陷阱就不可能完成。但是统一这三个时间的人不是久保，那么会是谁呢？是谁代替死掉的京极，调查了关闭陷阱的时机呢？”

“这……”

坂口前辈的脸上露出了思考的神色。

“京极在死前已经周密地设下了机关，让这三个时间可以统一。这是很正常的想法。可是久保出逃的时机和开合桥的时间就算了，他从三个月前就能设想到Mafia与人交易的时间，这不是太离奇了吗？就算水井可以在某种程度上支配对方，但这个计划的不确定因素实在太多了，您觉得那个京极会以这么不靠谱的计划为基础制定策略吗？而且还是这么重要的策略。”

有人在我的身体里说话。

我只是一个普通人，远远比不上京极和绫辻侦探。可在侦探身边亲眼见到案件的发生与解决所累积的经验，正借由我的头脑与嘴巴，试图表达某些有意义的想法。

这起案件——

“有实行犯，坂口前辈。”我断言道，“是京极的手下，就在我们身边。保养水井、传播流言，那个人可以逐一得知侦查情况，对京极绝对服从，能够预先知道我们的行动并修改计划。在京极死后，继承了他的计划与‘仪式’……”

这种人叫什么来着？

对了，“使魔”。

久保不是京极的使魔，只是一个被蒙在鼓里的棋子。

那么，使魔是……

“别再说了，辻村。”

枪声骤响，我的大腿传来烧焦般的疼痛。

我发出了不成声的痛呼，然后向前倒了下去。

“呜啊……”

然而我没能倒下，因为身后有人粗鲁地揪住了我的脖子。

“坂口先生，请把枪丢掉，我不想滥杀无辜。”

声音从背后响起，震动顺着揪住我脖子的手传来。

“为……为什么……”

我的大脑中一片血红，全身都拉响了警报。我身后的那个声音，非常熟悉。

“他的‘仪式’还没结束呢。”

我的头无法转动，只能用眼睛查看形势。

“为什么……为什么是你……”

左边的太阳穴碰到了手枪。

我感受到背后那人的气息。

“我也不想这么做啊，辻村。但是我没有别的办法。”

我按住剧痛的伤口。

我不敢相信现在发生在这里的一切。

我的脑子里一直有沙尘暴在翻卷，疼痛与混乱让我的大脑跟不上状况。

即便如此，我还是从喉咙里挤出了声音：

“为什么？京极不是……杀害你搭档的仇人吗？为什么？你回答我啊……飞鸟井先生！”

用枪顶住我的人，是飞鸟井侦查员。军警的特殊高级侦查员，一直在追查京极的高大结实的侦查员。

“我也很怕。”耳边传来飞鸟井先生的声音，他的声音在颤抖，“所以在侦探死之前我都没敢有所行动。可是……你明白的吧？”

“明白……什么？”

我的声音也在颤抖。

“时间已经到了。辻村……跟我来。”

飞鸟井先生用手把我向后拽去。

他的手攥得很紧，我完全挣不开。

我被倒拖着跟飞鸟井先生后退，退到深潭边。

他想做什么？

我的思绪在头骨里胡乱反射。

为什么？为什么是飞鸟井先生？

飞鸟井先生一直在追查京极。京极是他搭档的仇人，他应该很恨他才对。事实上，他在这起案件里也曾多次帮过我和绫辻侦探。在港口的追逐战中，他坐在我的车里被Mafia追杀，差点就死了。如果他是实行犯，怎么会……

难道不是？

难道正相反？

我们在郊外的污水处理厂被特种部队袭击的时候，飞鸟井先生正好在场。那里是我为了秘密会谈精心挑选的密会地点，为的就是不让第三者知道。

在港口追逐战时，想将我的车时机恰好地引向开合桥是十分困难的，如果在木箱放置之前我就过了桥，计划就会泡汤。

——辻村，我看到了！是他坐的车！

——辻村，那家伙的车在船上！

那是他看准了时机，故意诱导我的？

“现在绫辻侦探已经死了，‘仪式’终于进入了最终阶段。”背后传来冷静的声音，“所谓的‘仪式’，本来就是他向我下达的一系列指令。而这就是最后的‘仪式’。”

飞鸟井先生用手枪顶住我的头。

确实，如果是飞鸟井先生，就连藏起京极的尸体都并非不可能。但是，那个正义感爆棚的飞鸟井先生，为什么要这么做?

“飞鸟井先生……莫非……”我忍着大腿的剧痛，好不容易挤出了声音，“你被他……被京极施加了‘邪魔’吗？”

“没有，我没有被‘邪魔’附体，一切都是我自己的意愿。”飞鸟井先生在我身后说，“我过去曾与‘他’战斗过，当时我是侦查队长。但是他的高度已经远远超越了人类所能抵达的地方，人类怎么能赢过妖魔呢？”

妖魔——京极。

他是把我陷害成杀人案的凶手，然后以此设计绫辻侦探并杀死侦探的男人。

“面对超越人类的生物，你认为自古以来的人类都是怎么做的？我告诉你，辻村，就只有两个字——‘敬畏’。供奉他们，祈祷自己不会被他们的反复无常烧得渣都不剩。除此之外，人类什么也做不了。”

我视野的一角出现了飞鸟井先生握着的手枪。我勉强动了动脑袋，将视线投向那里。

“所以我才这么做。那个时候是，五年前也是。”

我看到了一个奇怪的东西。

飞鸟井先生平时一直戴着手套，现在却没有戴。在月光的照射下，他那青白色的手指上爬着一道白色的旧伤，沿着指尖绕了一圈。如果没和他靠得这么近，估计我也不会发现那么浅的伤口。

那道旧伤就像是把断掉的东西重新接上似的。

在左手的无名指上……

有一块缺损。

“难道，”我喃喃低语，“难道……你……”

我想到了久保。

他承认自己是図圄岛的杀人犯，是他亲口说的。

但是，除此之外并没有任何客观的证据。

“飞鸟井侦查员，放开她！”

坂口前辈用枪指着这边怒吼道。可是飞鸟井先生就躲在我的正后方，把我当成了肉盾。我的腿也被他打伤了，现在根本无法抵抗。

“我没打算活着逃掉，坂口先生。”飞鸟井先生用平静的声音道，“绫辻侦探、辻村还有我，只要我们三个死在同一个地方，‘邪恶祠堂’就能够完成了。这是‘他’，那个连追杀自己的敌人都能咬死的、不屈不挠的妖怪说的。只要信奉他，就能得到邪恶的力量。流言可以自我增殖，让他在这个国度近乎永生。这就是……无法留下基因的他渴望变成的模样。”

不断后退的我们从深潭边走入了水中。潭水冰冷彻骨，被水淹没的部分仿佛麻痹了似的，我不由得发出了呻吟。

“好了，一切都要结束了。”

飞鸟井先生还在后退。现在水已经浸到了我们的腰部。在这里，瀑布的轰鸣声近得就像水直接砸在我的头骨上。

我的耳边传来“喀嚓”一声。

“永别了。”

这就是终止符的声音。

啊……

我居然要死在这里了。

我连母亲的事都没有问出来，白白浪费了绫辻侦探豁出性命救下来的这条命。

“妈妈……”我的声音已经脱离了我的意识，自动从喉咙中泄出，“谁来……救救我……”

枪口顶住了我的太阳穴。

“救命……”声音停不下来，大概是由于失血过多，意识开始模糊了。我现在已经不知道自己在说些什么，“救救我……妈妈……救命……侦探……”

身体渐渐冰冷。

死亡的气息将我包裹……

“‘救命’？你可真是一个了不起的特工啊，辻村。”

我听到一个声音。

这是幻听，我不可能听到这个声音。

因为……

因为，那个声音……

“真是的，你太让我失望了，飞鸟井。刚知道我死了，就立刻露出马脚……果然，除了京极之外的对手都太没意思了。”

“怎么可能……”

飞鸟井先生想扭头看声音的来源，同时想用枪指向那里，可他的胳膊被一股看不到的力量禁锢住了。

“从见到久保的时候起，我就知道他不是‘工程师’了。以他那个水平的口才，不可能煽动十七个人跟他一起犯罪。必须得是更有说服力的人，比如以国家权力为后盾的侦查员之类的人。”

那道身影……

那个颀长的人影从头都脚都被瀑布淋湿了，还滴着水珠。

他那苍白的肌肤仿佛人偶一般毫无生气，冰冷的眼瞳仿佛能够夺走他人生命力一般。

他全身散发出凛如霜雪的气息，甚至可以把冷血的蛇都吓得四处逃窜。

“绫辻……侦探?!”

他没死。

他还活着。

可是，为什么？

“死而复生可是京极的拿手好戏。”绫辻侦探眯起眼睛道，“我也想夺走他这个技能。”

“什么……枪……胳膊……动不了?!”

飞鸟井先生按着自己的手臂。

他拿枪的那只手仿佛被缝在了空中一般静止不动，明明没有任何人碰他。

“我已经听到了你的自供，这样一来我想要的东西就全齐了。”浑身湿透的绫辻侦探吐出了低温的呼吸，“也就没必要继续装死了。”

“不可能！绫辻侦探……你不可能不死！如果你不死，那辻村就会死！”

“没错，不过已经晚了。”绫辻侦探用蛇一般的视线看向我，“你不明白吗？杀害久保的凶手，现在即将迎来超越因果的死亡。看。”

我条件反射地一颤。

因为，杀害久保的凶手是……

当时用车子碾过木箱，把久保杀掉的人是……

我突然察觉到有什么东西正在蠢蠢欲动，于是不由得看向脚下的水面。

水里有什么东西正在翻滚，发出金属被挤压般尖利的叫声。我仔细看向水中。

那里有一头形状不固定的漆黑野兽——“影仔”。它正在拼命挣扎，而它身体的组成部分已经扭曲得不成样子，就像被撕得支离破碎一般。

“杀害久保的凶手就是它。”绫辻侦探平静地道，“久保的确被车撞到了，但在他被车碾死的前一刻，‘影仔’就钻进了木箱里，割断了他的头。因为它一直都在执行某个人的命令——在辻村即将杀掉谁之前，先杀掉那个人。这就是它已逝的真正主人向它下达的命令。”

我忽然想起一件事。

在污水处理厂与军警特种部队战斗时的事。

当时，我与特种兵互相拿枪指着对方，根本没有把握在保留对方性命的前提下命中目标。如果我当时直接开枪，子弹就会击中对方的面部，特种兵要么当场死亡，要么就会身负濒死的重伤。

但是我没有开枪，因为在我开枪之前，“影仔”就刺穿了那名特种兵。

我颤抖起来。

久保的尸体被扯得四分五裂，几乎都是被车子碾压造成的，即使其中混入了镰刀的割伤，也不会有任何人注意到。如果这两种伤几乎同时降临到他的身上，那就算经过司法解剖，也不可能判断出究竟哪个才是致命伤。

“影仔”，我母亲遗留下来的，缠绕着我的诅咒异能。

可是这简直就像是在说，“影仔”早就预料到了会发生类似这次的事件?

“‘影仔’不是辻村的异能，”绫辻道，“真正驱使‘影仔’的异能者在五年前就死了。但是她的异能还活着，遵守主人的命令，一直保护着辻村。为了保护它已逝主人的女儿。”

怎么会……

那么，去世的母亲是……

“好了，飞鸟井，让你久等了。”绫辻侦探慢慢走了起来，“轮到你了。”

“等……等一下！绫辻侦探，我还……”

“这反应真不错。”

绫辻侦探的唇角扯出微笑的弧线，溢出丝丝冷气。

侦探的这副样子已经全然不似人类，简直就是从绝对零度的冥府飘散出来的死亡本身。

“飞鸟井，你应该早就明白，这一天总会到的。从你以‘工程师’的身份指挥囹圄岛杀人案的时候起，又或者在更早的时候——从你在京极的命令下，亲手残忍地杀死搭档的时候起。”

飞鸟井先生连抵抗的力气都没有了。

他握着的手枪完全违背他自己的意志，渐渐被向上提去。

不管他另一只手怎么用力按住枪，枪都无动于衷，像是拥有自己的意识一般移动着。

枪口对准了飞鸟井先生本人。

“现……现在还不能，杀，杀我！”飞鸟井先生的声音颤抖得不成句子，“我，我还有跟京极计划有关的情报！”

“没这个必要。”

绫辻侦探凉薄地微笑道。那笑容冷若冰霜，好比从冥府来勾人魂魄的鬼差——

“冷血的死神”。

枪在飞鸟井先生自己的手里，向他自己的下颚送去。

“吃了它吧。”

飞鸟井先生的嘴不顾自己的意识自动张开，枪口接着便塞了进去，他的眼睛充满了无与伦比的恐惧。

绫辻侦探走到他面前，在极近的距离下愉悦地欣赏他那惊恐的眼睛。

“永别了，飞鸟井侦查员。你是一个优秀的侦查员，同时也是连京极都远远比不上的，就算在粪坑里死掉的蛆虫尸体眼中你也是最高级的恶心又肮脏的屎中极品。在你那令人厌恶的脸与臭不可闻的气息腐蚀人们大脑之前，快点死了吧，也算为社会做点贡献。”

“呃呜啊……”

飞鸟井先生还没来得及发出叫喊声，闪光就在他的嘴里炸开。

他含住的枪口中发射出枪火和子弹，穿透了他嘴里的皮肉。

专门用来杀人的中空弹在他的口腔剜出一个洞并打碎了他的喉骨，进一步挤压的子弹在他的头盖骨中到处肆虐。

大概是由于子弹破坏了他小脑的运动中枢，他全身都在痉挛。他的手指已经不听使唤，由于不停地抽搐，自动手枪中又射出好几发子弹。

连续发射的子弹接二连三地射飞他的皮肉，击碎他的骨头，鲜血喷射而出。他发出凄厉的惨叫。

绫辻侦探的表情不动如山，淡然地看着这一切。

最后，在子弹用光的时候，飞鸟井先生抽搐的手指还在“咔嚓咔嚓”地扣动扳机，他的生命也终于走到了尽头。他的头部几乎一半以上都被击飞了，喉咙的某个地方发出如同短笛般的细小哀鸣后，他的头向后一仰，彻底死了。

周围重新恢复了寂静。

“安息吧。”

绫辻侦探拍了拍飞鸟井先生血迹斑驳的肩膀，然后慢慢一推。

飞鸟井先生的尸体便倒入了水中，溅起小小的水花，沉入水底。

特务科的任何一人——身经百战的士兵们，没有一个人出声，都瞠目结舌地看着这一幕。

他是杀人侦探。

他的异能能够让凶手不分缘由地死亡。所有人都在他的异能这过于强大且异常的表现下惊呆了，甚至连手指都无法活动一下。

“绫辻侦探。”

这时，一个一如既往并略带讥讽的声音叫了侦探一声，是坂口前辈。

“您真是难为我们啊……居然想出这么独断专行的战略。久保案的凶手是辻村也好，‘影仔’接受的命令是杀掉辻村想要杀死的目标也好，我都是刚刚才知道的。”

“我已经给了你充足的情报，坂口。”绫辻侦探的口吻一如平常，“我让你使用没有杀伤能力的橡胶子弹，并且让你在瀑布内部设置缓冲网让我可以抓着它滑下去，还有为了让真凶放松警惕，所以表现得要像真杀了我一样。有了这些前提，你应该很容易就可以事先猜到吧？”

我呆呆地看了看侦探，又看了看前辈。

过了几秒钟，我才终于反应过来——

原来他们两个从一开始就串通好了。

为了让“使魔”放松警惕采取行动，必须得让他觉得绫辻侦探死了。所以绫辻侦探才悄悄地向坂口前辈发出了指示。

“怎么会这样？”我忍不住大发雷霆，“你们这是在作弊！太过分了！最重要的是，如果你们早就打算这么做，好歹事先跟我打声招呼啊！”

“你听到了？坂口，你来代替我回答吧。”绫辻侦探一副事不关己的表情看向坂口前辈。

“辻村，如果让你知道了，你一定会露馅，所以不行。”坂口前辈面无表情。

这两个人太过分了！

“使魔，也就是被京极的疯狂传染而受到‘精神感应’的人，我们很容易就推测出警方内部有这样的人。因为要想把从瀑布上坠落而亡的京极的尸体运走，没有调查现场的警察帮忙，是不可能办到的。但是我们没有证据，所以就演了这么一出我被射杀的戏码。只要我死了，使魔便不必担心死于非命，必定会有所行动。”

“可是，”我试图反驳，“侦探连他是‘工程师’的事……都已经发现了吗？”

“在中途发现的。”绫辻侦探耸耸肩，“虽然我一眼就看出久保没有当‘工程师’的才能，但他本人很认真地相信自己就是。也就是说，真正的‘工程师’想让久保来担全部的罪，包括自己的记忆。”

“包括……记忆？”

“久保好像曾经有段时间，总是出现幻觉——关于猴子的幻觉。那恐怕是京极的异能。如果是和猴子有关的邪魔，那估计应该是‘觉’吧。”

“觉”？

“我听说过，”坂口前辈开口道，“我记得是住在山里的一种妖怪，能够看穿人心。”

我目瞪口呆。难不成在场就我一个人不是妖怪通？

“对。但他让久保看到的记忆是属于‘工程师’飞鸟井的。久保长时间观看别人的思想与记忆，最终他深信自己就是囹圄岛的杀人者——‘工程师’。不过，这样他才能直到最后都误会自己是与众不同的，对他本人来说，或许也是一种幸福吧。”

我想到在车站见到久保时，他那种桀骜不驯的态度。

他一直坚信，身为杀人犯被全社会追查，是证明自己与众不同的证据。当一个坏人，大概是为了不被社会捏碎而竭尽全力想出的权宜之法吧。说不定正是因为这样，京极才会选择久保。

传授邪恶，拯救个人。

因为这就是京极想通过那口井所做的事。

“不过……这次可真是把我吓得不轻。”坂口前辈叹了口气，“绫辻侦探，这次可不能再让你逃掉了，你一定要跟我一起去向长官报告事情经过。我可不想独自被那位抱怨。”

坂口前辈一脸疲惫，他向特种部队下达了指示，然后随众人一起走向装甲车。

我默默地目送他们远去。

“侦探，”我看了绫辻侦探一眼，“那个……谢谢您。”

绫辻侦探用不怎么感兴趣的眼神俯视我，说：“谢什么？”

“就是，那个……那件事，嗯……”我吞吞吐吐地组织语言，“侦探，那个……无视特务科的委托逃亡的原因，所以说就是，代替……”

侦探扬眉道：“你在说什么？”

“哎呀，就是说，代……代替我，那个……”我的脸一点点泛起红晕，“啊，难不成，侦探是故意装不知道，想听我亲口说吗？”

“你似乎是想暗示我什么，”绫辻侦探露出了怀疑的表情，“但是我完全听不懂你的意思。”

“就是说！”他怎么在这种时候这么迟钝！“绫辻侦探是为了不让我死才逃的，没错吧？所以……我觉得很高兴！想好好感谢您！”

听到这句话，绫辻侦探突然一挑唇角。

“嗯，人还是坦率的好。”他一边说，一边点头，“顺便告诉你，我从一开始就知道杀害久保的真凶不是你，而是‘影仔’。我在知道这一点的前提下，为了让飞鸟井君放松警惕，才做出了被追杀的假象。完全不是为了不让你死才逃的，谁会为了你委屈自己啊？”

我的魂一下子飞走了。

“什么……”我的体温上升，身体不自觉地颤抖。

“唉，居然连老实道个谢都不会，你离一个合格的仆人还远着呢。”绫辻侦探歪头道，“看来从明天起，我需要把调教的方针再加强一些了。”

“什么叫调教啊？”我不由得举起拳头挥了下去，却被早就料到的侦探轻盈躲过，“我可是绫辻侦探的监视人！”

“没错，所以才有调教的意义。要是能把监视人的性格调教得顺从又坦率，对我的工作也会有很大的帮助。”

“小心我再让你从瀑布上掉下去啊！”

我火冒三丈地正要扑过去，大腿却突然传来剧痛，让我差一点趴在地上。

一只胳膊撑住了我的身体。

“真是个笨蛋。”是绫辻侦探，“我送你去医院，快点痊愈，回来当我的仆人。”

“都说了……我不是仆人……”

“我想好了。”绫辻侦探支撑着我的肩膀，忽然说道，“我们不是说过，我可以使唤你一天吗？就明天吧。”

“喂！我还受着伤呢！”

“这样你才会老实。”

绫辻侦探用肩膀撑着我的身体带我慢慢向前走，脸上露出了不怀好意的笑容。

真是……太差劲了！

总有一天，我要开枪把这个人杀掉！

终幕　绫辻侦探事务所

清晨
风和日丽

从那之后，过了两周。

我腿上的伤总算好了，我在进行复健的同时，返回特务科工作。

在京极的事件后，坂口前辈还是跟以前一样，成天忙于文案工作，与司法省的高级官僚斡旋，在横滨对付海外异能组织……忙得不得了。

而绫辻侦探，他除了“杀人侦探”这个名号外，又多了一个“越狱王”的称号，监视小组的人数变成了之前的两倍。但是他仍然时不时突然消失，跑到外面买自己感兴趣的人偶，每当这种时候，特务科的人都会吓出一身冷汗。

关于京极，目前我们正在搜查有关他的证据。可奇怪的是，现在依然常常发生疑似幕后黑手是他的案件。重组后的新军警特殊侦查员为此伤透了脑筋，总觉得“那家伙是不是还活着啊”。被飞鸟井先生藏起来的京极的尸体也还没有找到。搞不好他现在真的还活在世界的某个地方——一想到这里我就后背发寒。

如果是那只妖怪，不管做出什么我都不奇怪。

从那之后，我……

“绫辻侦探，这篇杂志报道！您看了吗？”

我刚进入侦探事务所就大声喊道。

正喝着咖啡的绫辻侦探慵懒地瞟了一眼站在入口的我："是你啊，大早上就这么吵。终于会打蝴蝶结了吗？"

"不是！您快看这个！"

我把一本八卦杂志拍在了侦探的桌上。

"《惊恐！将人类引入邪恶之路的妖术师怨灵！》。"侦探把报道的标题念了出来，"光看标题就够让人头疼的了。谁写的？"

"就是那个写水井报道的记者。"我道。

我粗略地读了一下报道。

——最近几周，连续几起杀人案的犯罪嫌疑人都给出了让人无法理解的口供。一位在客人的餐盘上涂毒将其杀害的饭店老板在被捕后说"在我出差去的一个深山里，有妖魔对我说了悄悄话"，而将男朋友手脚切下来保存的女子则说"我站在某个十字路口的时候，一个恶魔与我订立了契约"……

"中间的部分我就省略了。"我道，然后翻过一页。

——他们身上有一个共同点，那就是他们的口供全部表示有妖魔向他们传授了完美犯罪的方法，换言之，某个邪恶的妖术师在被侦探揭露罪行并杀死后，因有怨念而化身成死灵，将一个又一个人拉扯进邪恶的深渊。虽然这个说法让人毛骨悚然，但更可怕的是，据说很多有仇人或敌对组织的人正在寻找让那位死灵上身的方法。

只因为自己的欲望就杀人，本杂志记者坚决反对这种卑鄙可耻的心理。另外，见过死灵的人们所供述的地点，现在被称为“逢魔京极十字”，本杂志记者将会继续就该地点进行调查报道……

“这个记者真是麻烦。”绫辻侦探皱起了眉，“他自己可能是出于正义感写了这篇报道，但是最终只是在那些想要杀人的人背后推了一把，让他们觉得‘通往地狱的路是用善意铺成的’。”

“我刚才已经与他本人见过面了，他说的话和态度就跟这篇报道差不多。看样子他已经找与京极事件有关的军警和市警的侦查员收集过情报了。”我叹了口气，“要动用政府权力回收杂志吗？”

“不用。”绫辻侦探兴致缺缺地喝了口咖啡，“反正现在还有很多类似的报道和流言在到处传播。看起来，‘妖怪’已经如那家伙预料的一样，开始顺利扩散了。”

妖怪——

在“逢魔京极十字”涌出的，传授邪恶的东西。

正如侦探数次说到的那样，这场比试是京极“赢了”。

三个半月前，他在瀑布之上被绫辻侦探杀掉的那个瞬间——就决定了我们的失败。后面的所有案件都只不过是让我们细细体会失败滋味的消化比试而已。

要想阻止这一切，必须得证明身为元凶的京极只是一个普通人类。但他现在已经死了，根本无法证明。

京极的死，应该是让“仪式”得以完成所需的必要手段吧。

“过去也有很多人类化身妖魔的事例。”绫辻神色未变地说，“在

《平家物语·剑之卷》中有一则《宇治桥姬》，故事里写道，某位公卿的女儿为了把自己嫉妒的女人诅咒致死，前往贵船神社祈祷，她可以七天七夜留在神社中，希望神明能把她变成恶鬼。说完，就听到一个声音回答她道：‘如果你想变成鬼，就照我说的改变模样，在宇治川浸泡三七二十一天。’她把长发绑成五只角，面涂朱砂，身涂丹红，头戴倒置的三脚铁环，并在铁环的三只脚装上燃烧的火把，同时嘴里叼着同样的火把，在宇治川里浸泡了二十一天。最终她如愿变成了鬼，将自己嫉妒的人一个接一个地杀掉。”

绫辻侦探闭上眼睛，流利地背诵。任何东西他只要看过一次，就绝对不会忘记。

“除此之外还有记载称，天平宝字元年，也就是七五七年，死在狱中的橘奈良麻吕亡魂出现，扰乱乡里。宝龟三年，即七七二年三月，皇后井上内亲王因诅咒天皇被废，同年五月太子他户亲王也遭废黜。而母子二人在三年后同时离奇死亡，之后宫中数次发生灵异事件。不过最有名的还是九〇三年去世的菅公菅原道真。他在死后化身咆哮的雷神，数次显灵，最终人们建起北野天满宫，世代供奉，现在他已经升格成了著名的学问之神。”

“也就是说，他在死后变成了妖魔，因为到处引发灾难所以被供奉起来，最后变成了神啊……”

“因为在这个国家里，妖怪与神从本质上来说是平等的。”绫辻侦探道，“就跟益虫和害虫一样。”

这么说的话，京极将来也会被称为神吗？

利用邪恶与犯罪来拯救孤独之人的邪神。总有一天，流言会变成传说，最终变成怪志奇谈。

对方可是京极，他一定在我们还不知道的地方悄悄出谋划策，安排使魔，同时进行各种各样的妖怪计划吧。

我觉得自己仿佛能听到京极那愉悦的笑声。

“说起来，”我抬起头，“化身成京极的‘邪魔’，现在还时不时会出现吗？”

我环视周围问道。当然，房间里只有我和侦探两个人。可这并不代表他不在这里。

“嗯。”绫辻侦探眯起眼睛盯着房间的深处，“现在也在那里。”

我不由自主地随着侦探的视线望去。

那里当然没有人，只有黯淡的光线，微弱的轻风与沉默而已。

“侦探，”我盯着那空无一物的地方说道，“如果拜托特务科，附在侦探身上的‘邪魔’异能京极，说不定可以被驱散。要是您同意……”

“我也由衷地希望这样，但很遗憾，这是不可能的。”绫辻侦探一脸不情愿地说道，“虽然那家伙只是一个没有大脑也没有身体的影子，但他还是拥有我们所不知道的、生前的京极具备的知识。而且他有时候还会心血来潮地讲讲过去杀人案的真相，单纯想惹我生气。所以为了取得其他水井的情报以及悬案的新情报，我只能暂时与这个恶心的邪魔共处。”

“那么……我能问一个问题吗？”

“说。”

“为什么京极会选择绫辻侦探和我呢？”我道，“我明白他举行的‘仪式’都与各个案件有关，而且还担任着案件一经解决，水井的流言就会扩散出去的任务。但是，为什么会是我和绫辻侦探呢？还有很多其他的异能侦查员与侦探啊。”

“谁知道呢？”绫辻侦探向后一仰，靠在椅背上说。但是随后，他的表情就变了。

“怎么了？”

绫辻侦探看向房间一隅，凝视着位于那里的某个看不见的东西。

“出什么事了吗？”

“京极说，不只是这样……不，难道……这混蛋在开玩笑吗？”

不只是这样……

我变得有些不安：“京极说什么？”

“没什么……”绫辻侦探摇摇头，移开了视线，“别往心里去，反正都是谎话或者玩笑话。”

我十分不解。不只是这样？他把我和绫辻侦探卷进来，是出于什么不可告人的原因吗？

绫辻侦探厌恶地看着房间一隅，说道：“闭嘴，京极。嗯，不行，你死都死了，谁还会陪你这混蛋浪费时间。明白了的话就快点消失，下次别站在我枕头边上，别再像今天早上那样把脸凑到我面前等我醒过来了。”

说完，绫辻侦探抄起手边的勺子扔到了房间角落里。

勺子飞了过去，什么也没有碰到，直接砸到墙壁，然后弹落在地上。

“总觉得……”我下意识地把心里想的说了起来，“您真是一个怪人呢。”

听到这句话，绫辻侦探慢慢回过头来，脸上还带着微笑。

“辻村，”绫辻侦探口中发出了能让冥府最深处都抖三抖的声音，“看来我在你住院时候对你进行的‘调教’已经失效了啊，要不要我从头再来一次？”

我的大脑一片空白，等我反应过来的时候，我已经违背自己的意志跪在了地上。

“拜……拜托了，您想做什么都好商量，”我全身都在不听使唤地颤抖，“唯独调教，请不要再来了，真的求您了，我不要调教，调教好可怕。”

“哼。”

绫辻侦探站了起来，用冰冷的目光俯视我。

“明白你自己的立场就好。我们走吧，你去开车。”

“咦？”我抬起头，“您要去什么地方吗？”

“有人传唤，”绫辻侦探叼着细烟管道，“去你们的老巢，异能特务科的机密据点。”

绫辻独自一人进入了异能特务科的据点入口。

那栋大楼外表伪装成了乡下的图书馆。绫辻穿过走廊，来到空无一人的闭架图书室。

绫辻将手贴在陈旧白墙的一个地方，然后一转，看上去空无一物的墙就向内凹了进去，开出了一扇门。

绫辻通过了数个监控装置与声纹、瞳孔识别器，再经过警卫员严密的检查后，走到了地下。他穿过一个人都没有的昏暗走廊，来到一扇铝制大门前。

他静悄悄地推开那扇门，接着便看到一个巨大的地下图书馆。

那是一个白色的图书馆，与楼上那个供普通市民使用的伪装图书馆不一样。这里有着高高的天花板，因为远处的光线很昏暗，所以无法看清房间的深处。白银书架排列得整整齐齐，仿佛一支仪仗队，上面摆满了世界各地的贵重书籍。

这里堆积了无数的时间、纸张与沉默。

绫辻四下望去。

一位女士正坐在入口附近的一张大书桌旁看书。

她的表情十分沉静，年纪在四十到五十之间。她身穿米黄色的手织毛衣，掺杂着银丝的黑发用朴素的发带扎得整整齐齐，身上没有任何饰品。浅色的眸子正认真地看着书上的文字。

图书馆里只有她翻动书页的声音。每当纸张被翻过，房间里的寂静就会更深一层。她坐在那里，就像时间与知性的化身。

绫辻在那位女士的对面坐了下来。

良久，二人都没有说话。只有纸张翻动的声音如同海潮声一般在图书馆中响起。

“你偶尔也出去转转怎么样，局长？”绫辻低声说道。

“这里也不错啊。”女士的视线仍然落在书上，答道，“而且我是局长助理哦，绫辻。虽然一直都没有露面，但好歹也算是吧。”

“是啊，你是从来不肯露面却掌管着特务科的影之首领。”

局长助理的视线离开了书，她抬起头微笑道："多少年没听过你说这种刻薄的话了。"

"五年。"绫辻的唇挑起了一个细微到容易被忽视的弧度，"你想听我说刻薄话吗？那就早点联系我啊，你想听几句我说几句。"

"这可不行。"局长助理轻轻地别了一下头发，露出了右耳上很久以前的一道小伤口，"知道我还活着的人没有几个。如果一个早就死掉的人走在外面，会吓到大家的。你说对吧？"

绫辻点点头，然后道：

"是啊，辻村女士。"

女士面带微笑，目光平静地看了绫辻一眼，淡然地合上了书，然后道：

"小女如何？"

她的声音震动了宽敞的图书馆内的空气，让室内的寂静变得更为清晰。

"还跟以前一样是个野丫头。"绫辻摇摇头，"她打算花掉下个月的薪水和存款，再买一辆防弹设计的四驱SUV，还是那种后座装满重机关枪的。嘴里气势汹汹地扬言'下次我不会输的'，完全不明白她在折腾什么。"

"听上去很辛苦呢。"女士的微笑进一步加深，"不过，有你管着她，我很放心。"

"嗯，我打算把她培养成一名出色的仆人。"

“净胡说。”

绫辻像要反驳似的吸了口气，却又像改变了想法似的呼了出来。然后他看向远处。

平静的沉默仿佛沙漠中的流沙一般缓缓散开。

“我把‘影仔’杀掉了，很抱歉。”过了一会儿，绫辻忽然开口了，他的视线仍然看着远处。

“毕竟那是它的任务。”女士摇了摇头，“别担心，自律型的异能过了几年之后还会成长到原本的大小。”

“听辻村说，有个Mafia的干部对她说，”绫辻看着白色书桌的纹路，“‘影仔’身上散发出死亡的腐臭。”

女士没有立即应声，只是目不转睛地盯着绫辻。

“这也正常，”绫辻道，“你和‘影仔’与无数异能罪犯、外国异能间谍战斗过，而且将他们全部杀了。你是异能战斗的专家，是辻村崇拜的电影女主角那种真正的特工。”

“是啊。”女士静静地点了点头，“但这并不能永远持续下去。”

“没错……你树敌过多，不得不退居二线。因此，你向我——原本应该被你杀掉的我——提出了帮助你造假的要求，作为你让我活下来的条件。所以我接到了囹圄岛的杀人案，并伪造了你因我的异能而死于非命的假象。不过我完全没想到，你那个女儿居然一直在追查这件事，并且追到了我的身边。”

“别看她那副样子，她只要下定了决心就顽固得不得了。”女士微笑道。

“我不管看她哪个样子都很顽固。”绫辻嫌恶地说道，“辻村女士，她简直和你一模一样。”

辻村局长助理开心地笑了。

“不过这次你倒是帮了我大忙，因为久保说你死了。他一说这句话我就知道他不是‘工程师’，恐怕在‘觉’窜改他记忆的时候，把卷宗和实际的记忆给混在一起了吧。”

“能帮上你的忙真是太好了。”辻村局长助理苦笑道，“说到案件，我还有一个疑问。京极为了成就自己的计划，所以需要有人扮演侦探，可是他为什么选择了你和小女呢？”

“这是因为……”绫辻欲言又止，露出了思索的神色。

辻村也曾问过他相同的问题，当时他没有回答。

绫辻看向面前的女士。辻村局长助理用仿佛能看穿一切的眼睛，正目不转睛地盯着他。

在那双眼睛的催促下，绫辻最终还是死心似的叹了口气，然后解释起来。

“一般来说，妖怪和灵异现象的发生地点是有规律的。”绫辻道，“就是异界与生活空间相交叉的地方。井、桥、山脚……在这些地方中，还有一种就是道路相交的十字路口。”

绫辻把手放在桌上，双手交叉。

“日本祭拜祖先灵魂的盂兰盆节是由佛教的盂兰盆会与古时的仪式结合而来的，自古以来人们就相信，只要在村子的坟墓以及十字路口上香，祖先的灵魂就会回来。另外，日本还有在村子的中心，也就是以十字路口为中心跳盂兰盆舞的风俗习惯。并且在某些地区，每当有丧事的时候，就会将白纸插在七八寸的竹杆上，并竖在村子的十字路口处。这样村民们就会知道有丧事了。也就是说，自古以来人们在潜意识中认为，十字路口就是这个世界与那个世界的边界。”

辻村局长助理静静地点了点头：“这些我明白，继续。”

“在《笈埃随笔》（**注：日本江户中期的旅行家百井塘雨著，记录了各地的奇说见闻**）中，位于京都皇宫东北方向的十字路口，也就是四辻，被称为‘蹲踞十字’，据说马想通过那个地方的时候，就会因妖怪作祟而动弹不得。另外还有很多传说，例如难产而死的孕妇灵魂，也就是姑获鸟，会出现在四辻那个地方；一种名叫‘饿死鬼’的妖怪也会在十字路口出现，拖走路过的行人使其感到疲惫饥饿，无法行动。除此之外，与四辻有关的灵异传说不胜枚举，像是茨城的辻堂、鹿儿岛的辻神、由堺起源的辻占卜等等。国外还有一个关于十字路口恶魔的传说，只要交出自己的灵魂，恶魔就会帮你实现任何愿望。”

辻村局长助理的表情微微阴沉下来，这是她想到什么的表情。

但是绫辻用手指阻止了想要说什么的她，自己继续说道：

“我不知道十字路口是否真的是与那个世界的交界。但是，京极对这一点非常执着。他为了像宇治桥姬和崇德天皇那样，将自己的意志化为妖怪，于是彻底地执着于仪式。而他最需要执着的就是解开灵玄之谜，让它在民间得以传播的基石——既是驱魔人又是起源的侦探。”

“等一下，”辻村局长助理用手捂住了脸，“这么说……那个京极把你当成宿敌，为了成就最后的计划，一直拘泥于你和小女都是因为……”

“对，没错。”绫辻淡然地点了点头，“我姓绫辻，助手姓辻村，就是这么回事。”

辻村局长助理惊呆了似的摇头，说：“居然就因为这个……”

“好了……这次谈话很愉快。”绫辻挪动椅子站了起来，“我该告辞了，辻村还在上面等着我。”

“说到小女，我还能再问最后一个问题吗？”女士对绫辻说道，“你在报告书里撒了一个谎吧？”

绫辻站在原地盯着辻村局长助理，然后道：“什么谎？我不知道你指的是哪一个。”

辻村局长助理轻轻一笑：“你在报告书上说，‘我假装无视特务科的委托逃了出去，其实一切都是为了引出使魔而做的伪装。’这不是很奇怪吗？”

绫辻没有回答，他的眼睛透过遮光眼镜，直直地盯着辻村局长助理。

“你早就知道‘影仔’是我的异能，也知道我还活着。”辻村局长助理抚摸着书的封面，“但是，你并不知道我对‘影仔’下达的命令。‘如果我女儿想杀什么人，就在她动手之前杀掉’。这是你在逃亡之后，我联系你的时候你才知道的。”

绫辻慢慢地眨了眨眼睛，然后才开口道：“你想说什么？”

“我想说，在调查久保之死的时候，你发现小女被人陷害成了凶手。这样下去小女就会死于非命，所以你才逃走，即使知道特务科正在追踪你。也就是说，你把自己的性命和小女的性命放在天平

上，然后选择了小女的性命。我说的不对吗？”

“我不懂你在说什么。”绫辻移开了视线，迈开步子。

“不懂我在说什么？”辻村局长助理开心地笑了，“和京极战得不分上下的著名杀人侦探，就只会用这种方式来敷衍人吗？”

“我可不想被你牵着鼻子走。告辞了。”

伴随着“咔哒咔哒”的脚步声，绫辻走向图书馆的出口。

他刚把手搭在门上，就听辻村局长助理的声音传来。

“小女就拜托你了，绫辻。”

绫辻回头微微一笑，说道：“嗯。你那个与你同名同姓的女儿就交给我吧。这样行了吧？异能者——辻村深月阁下。”

绫辻独自一人来到图书馆的后门。

室外的刺眼光线让他眯起了眼睛。

这里是一个安静的停车场，辻村正在出入口等着他。

“侦探！这么快就出来了。你是去见谁了吗？”

“和一个朋友叙了叙旧。”绫辻一边走，一边简洁地回答，“听说有新的委托案了？”

“是的，刚刚发来的信息……好像是一起神秘的连续杀人案。”辻村追在绫辻身后，翻开自己的手册，“某位著名的建筑家在一栋和建筑有关的宅子里接二连三地制造神秘的杀人案，涉案人员的口中出现了“逢魔京极十字”的名字。”

“也就是说，又要和那家伙正在顺利增殖的分身作战了啊。”

绫辻叹了口气，向代步的车子走去。

在车子对面，他看到了一个熟悉的人影。

“告诉你一件好事吧。”在车前愉快地等着他的人对他讥笑道，“你接下来要面对的这个案件是一个噩梦。老夫颇为中意的杀人魔正在用最新的密室圈套等着你呢。”

绫辻连一个余光都没有给他，直接走向了车子。被无视的京极把脸凑到了绫辻身旁。

“跟以前一样，如果你无法解决案件，你就会被杀掉。要是你想要老夫给你提示的话，可以随时来问，老夫是不会拒绝你的。”

“滚开。”绫辻粗鲁地挥了挥手，京极瞬间便消失得无影无踪。

“没用的，因为老夫只是一个影子。”京极转眼出现在车子的后座上，“没有实体的幻象，只存在于你的脑中。好啦好啦，今后我们两个还是一起和睦地解决案件吧。”

“谁要和你……”

在他怒吼的瞬间，京极又一次消失了。

绫辻叹了口气。

“侦探？怎么了吗？”坐在驾驶席上的辻村担心地回头问。

“没什么。辻村。”

“嗯？”

绫辻默默地看着辻村的脸。

辻村奇怪地看着绫辻。因为她歪着头，细碎的刘海落在颊边。

绫辻想：自己这被诅咒的异能从来不受自己意志的支配，可以自由地在周围播种死亡。从得到这力量的那一刻起，就决定了自己无法过平凡人的生活。从今往后，他将永远被死亡与鲜血包围，永远被恸哭与怨恨笼罩，直到生命的尽头。

而他在与京极的死战中负了许多伤，也失去了许多。今后也将继续。与京极遗留下来的“邪恶”作战，他永远不会胜利。而只要他还活着，就必须接受这注定败北的战斗。

但是……

辻村的眼睛，与她母亲如出一辙的浅色眼睛正看着绫辻。

即便如此，若是这样……

“没什么，只是在想些不像我作风的事而已。开车吧。”

“遵命！”

“要安全驾驶。”

“我会让您感受飞起来的快感！请抓好了！”

绫辻无奈地摇了摇头。

纵使地狱存在。

纵使死亡蔓延。

纵使在阴谋与怨恨中失去，受损，沦溺……甚至殒命。

“也算是身为侦探最大的幸福了吧。”

绫辻说完，轻轻地笑了。

参考文献

[1]宫田登.妖怪的民俗学——日本看不到的空间.日本:岩波书店 同时代图书馆,一九九〇年.

[2]小松和彦.妖怪学新考 从妖怪看日本人的心.日本:讲谈社学术文库,二〇一五年.

图书在版编目（CIP）数据

文豪野犬外传：绫辻行人VS.京极夏彦 / (日) 朝雾卡夫卡著；(日) 春河35绘；陈玮译. -- 北京：新星出版社, 2019.5
（2024.12 重印）
ISBN 978-7-5133-3553-9
Ⅰ. ①文… Ⅱ. ①朝… ②春… ③陈… Ⅲ. ①侦探小说—日本—现代 Ⅳ. ①I313.45
中国版本图书馆CIP数据核字（2019）第063985号

本书为引进版图书，为最大限度保留原作特色，尊重原作者写作习惯，酌情保留了部分外来词汇。特此说明。

文豪野犬外传 绫辻行人VS.京极夏彦

（日）朝雾卡夫卡 著；（日）春河35 绘；陈玮 译

责任编辑：汪　欣
特约编辑：冯粤凌
责任印制：李珊珊
装帧设计：周文旋　杨　玮

出版发行：新星出版社
出 版 人：马汝军
社　　址：北京市西城区车公庄大街丙 3 号楼　100044
网　　址：www.newstarpress.com
电　　话：010-88310888
传　　真：010-65270449
法律顾问：北京市岳成律师事务所

读者服务：010-88310811　service@newstarpress.com
邮购地址：北京市西城区车公庄大街丙 3 号楼　100044

印　　刷：凸版艺彩（东莞）印刷有限公司
开　　本：890mm × 1240mm　1/32
印　　张：9.375
字　　数：228千字
版　　次：2019年 5 月第一版　2024年12月第七次印刷
书　　号：ISBN 978-7-5133-3553-9
定　　价：38.00元